압록강은 흐른다

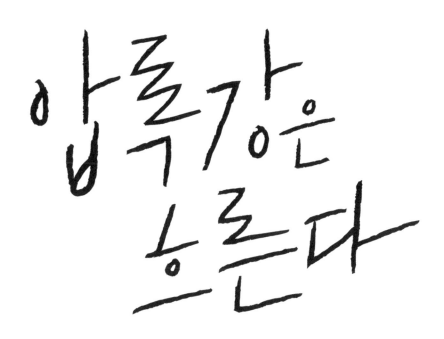

압록강은 흐른다

이미륵
장편소설

박균 옮김

살림

자전 소설 「압록강은 흐른다」는 단순히 작가의 어린 시절에 대한 이야기가 아니다. 그것은 망국이란 굴욕적인 역사적 사건으로 인해 '잃어버렸던 것에 대한 고통과 허무'를 이야기한다.

유구한 역사를 지닌 한민족이 일본에 조공을 바치는 변방 민족으로 전락하여 민족자존을 상실한 데서 오는 아픔, 나라말을 잃어 침략자의 언어를 사용해야 하고 심지어 왜곡된 역사를 공부해야 했던 아이의 고통, 강제로 이식된 서양 학문에 밀려 동양 학문에 담긴 인간의 참된 도리와 겸손을 더 이상 가르칠 수 없게 된 부모의 슬픔, 위풍당당했던 500년 조선 왕조 후손들의 목소리조차 들리지 않는 황폐해진 궁궐을 바라보며 느끼는 암울함과 허무, 야시장 가판대에 값싸고 하찮은 물건처럼 전시된 옛 서적과 그림, 고결한 선비의 상징이었던 갓과 정숙한 여인을 떠올리게 하던 비단신이 드러내듯 비극적인 운명에 대한 허무, 수백 년의 숨소리가 고스란히 담긴 전통 악기를 단돈 두 닢에 파는 옛 궁정 악사의 영락에서 느껴지는 허무 등등.

　그러나 주인공 이미륵은 비극적인 나라의 운명에서 비롯된 고통과 허무에 좌절하지 않고 압록강을 건너, 거침없이 새로운 세계로 향하는 배에 올라탄다. 드넓은 대양을 지나 낯선 나라 독일 땅에 마침내 발을 내디딘 스무 살 청년 미륵은 극심한 가난과 외로움 속에서도 혼신의 힘을 다해 오직 학문에만 정진한다.

　경성의학전문학교를 다녔던 이미륵은 독일 뷔르츠부르크대학에 입학해 의학을 공부하다가 하이델베르크대학으로 전학하였다. 이후 전공을 바꾸어 독일 뮌헨대학에서 동물학 박사 학위를 받았다. 그는 작가의 길로 선회하는 새로운 도전을 감행했고, 마침내 1946년 독문 소설 「압록강은 흐른다」를 발표하여 큰 성공을 거두었다. 이 작품은 당시 제2차 세계 대전에 패배하여 자존감을 상실했던 독일 독자들에게 어린 시절의 순수한 영혼을 일깨워 주었고, 폐허로 변해 버린 그들 고향의 평화로웠던 한때의 전경을 떠올리게 했다. 주인공 미륵이 고향을 떠올렸듯이.

독일인들은 이 책을 통해 상처 입은 영혼 혹은 상실의 고통을 스스로 치유할 수 있는 새로운 희망을 품게 되었고, 생동의 동기를 되찾게 해 준 작가 이미륵에게 감사했다.

또한 이 작품은 인간의 정직과 선함을 통해 민족 혹은 종족의 차별성을 뛰어넘을 수 있는 삶의 가장 고귀한 가치를 제시했다. 독일인들은 이러한 작가 이미륵을 완전한 인간의 초상으로, 또한 가장 훌륭한 휴머니스트로 평가했다.

역자는 장차 글로벌 시대의 주역이 될 청소년들이 '민족이나 종족이라는 경계를 스스로 뛰어넘어 낯선 세계의 한가운데로 걸어갔던' 주인공 혹은 실제 이미륵의 행보에 주목하길 바란다. 이 작품을 통해, 누구든 언제라도 세계 한가운데서 이방인의 고독을 경험하게 될 것이다. 선각자 이미륵이 그랬듯이.

그는 존재의 근거이자 삶의 터전이었던 조국을 떠나 유럽이라는 생경한 땅에서 그들과 융합하면서도, 그들의 사고를 활용하여 스스로의 동양적 바탕을 보완하고 삶을 완성시켜 나갔다.

낯선 세계로 나아가기 위해, 또 그곳에서 존재하기 위해, 오히려 그 고유성을 더욱 심오하게 발전시킨 작가의 메시지가 모든 독자의 심정에 잔잔한 울림으로 전달되길 소망해 본다.

박균

| 차 례 |

수암

수암은 나와 함께 자란 사촌 형의 이름이다.

지금도 또렷이 기억나는 것은, 우리가 처음으로 함께 겪었던 일이 그다지 유쾌하지 않았다는 것이다. 그때 우리 나이가 정확하지는 않지만, 내가 다섯 살이고 수암이 다섯 살 반 정도였을 것이다.

어느 날 저녁이었다. 우리 둘은 아버지 앞에 앉아 있었다.

아버지가 한문 책에 있는 어려운 글자를 가느다란 막대로 가리키셨고, 수암은 그 글자의 뜻을 말해야 했다. 분명 아침에 그 글자를 배웠는데도 막상 아버지의 질문을 받으면 답이 전혀 생각나지 않는 눈치였다. 아버지가 여러 번 물으셨지만, 수암은 입을 꾹 다물고 가만히 앉아 있기만 했다.

아버지는 유난히 공명심이 많은 분이셔서 죽은 동생의 아들에게 일찍부터 어려운 한문 교육을 시키고 싶어 하셨다.

"이 글자는 채소를 뜻한다. 그러니 한자로는 어떻게 읽어야 하느냐?"

아버지가 다그쳐 물으셨다.

그러자 어린 수암은 재빠르게 대답했다.

"채(菜)."

"잘했다!"

아버지가 수암을 칭찬하셨다.

"그러면 다음 글자는 어떻게 읽어야 하느냐?"

그 글자는 먼저 것보다는 더 어려워 보였다.

수암은 또 입을 다물고 앉아, 이번에는 방구석 쪽을 힐끗거리며, 아무 도움도 줄 수 없는 내게 수차례 눈길을 보냈다.

그러나 나는 아직 한자를 읽을 줄 몰랐기 때문에 그를 도와줄 수 없었다.

"이 바보 같은 놈!"

아버지가 수암을 꾸짖으셨다.

그러자 수암의 가느다란 눈에서 눈물이 뚝뚝 떨어지며, 그 수수께끼 같은 글자를 적셨다. 그 일은 나를 몹시 슬프게 했다.

수암은 내 어릴 적 동무였다. 우리는 같이 놀고, 같이 먹고, 또 어디든 같이 다녔다.

우리 집에는 아이들이 여럿 있었다.

내겐 세 명의 누이가 있었고, 수암에게는 두 명의 누이가 있었으니 아이가 모두 일곱이었다.

그러고 보니 구월이도 아이들로 칠 수 있겠다. 그녀는 집 안 청소며, 아이 돌보는 일이며, 온갖 허드렛일을 도맡아 하던 하녀였다.

여자아이들은 모두 우리보다 나이가 많았고 혼인을 하지 않은 처녀들이어서, 나와 수암은 그들과 아무것도 함께할 수 없었다.

그러니 우리 둘은 늘 꼭 붙어 지낼 수밖에 없었다.

지금도 기억나는데, 수암과 나는 진한 갈색 고름이 달린 분홍색 저고리와 회색 바지를 똑같이 입었고, 검은 가죽신을 똑같이 신었다. 수암은 나보다 고작 반 살 정도 나이를 더 먹었을 뿐이어서, 우리가 정말 다르게 생기지 않았더라면 사람들은 우리를 쌍둥이로 착각했을 것이다.

수암은 통통하고, 살결도 탄탄하고, 키가 작은 사내아이였다. 두 볼은 아주 매끌매끌 포동포동하고, 눈은 유난히도 가느다랬으며, 입은 입술이 거의 보이지 않을 정도로 작았고, 코는 앙증맞았다. 나는 수암과는 반대로 마르고 키가 컸으며, 눈도 크고 코도 컸다. 그래도 누구도 떼어 놓을 수 없는 짝꿍이었던 우리 둘은 늘 같이 웃고, 같이 울었다.

다행히도 그때, 어머니들이 우리를 데리고 나가려고 방으로 들어오셨다.

"얘들을 너무 다그치지 마세요."

어머니가 아버지한테 말씀하셨다.

"학교에 들어가면 잘 배울 거예요."

우리는 어머니들 덕분에 해방되어 방을 빠져나올 수 있었다.

우리가 매일같이 뛰노는 뒤뜰에는 볕이 아주 잘 들었다. 조용하고 널찍한 뜰에는 종일토록 오가는 사람이 없어서, 우리는 아무에게도 방해받지 않고 마음껏 놀 수 있었다. 날씨가 더울 때는 옷을 홀딱 벗고 알몸으로 이리저리 뛰어다녀도, 뜰 전체가 아주 높은 담으로 둘러쳐져 있었기 때문에 바로 이웃에 사는 사람조차도 우리를 볼 수 없었다. 가끔 나물을 캐려고 누이들과 하녀 구월이가 들르긴 했지만 그녀들 앞에서는 창피할 것이 없었다.

한번은 수암이 땅속에 기다랗게 구덩이를 파고는 내가 날라다 주는 납작한 돌멩이들로 그것을 덮었다. 그러고는 그 구덩이

끝은 아궁이가 되도록 널찍하게 만들고, 그 반대쪽에는 굴뚝을 세웠다. 우리는 아궁이에다가 작은 나뭇가지로 불을 붙인 다음 연기가 굴뚝으로 새어 나오는지를 지켜보았다. 한참 동안 틈새란 틈새는 모두 돌멩이로 메우고 나니, 마침내 연기가 굴뚝을 통해 높게 솟아올랐다. 수암이 내게 가르쳐 준 정말 재미있는 놀이였다. 그는 아버지가 생각하시는 것처럼 바보가 아니었다. 그는 착하고 영특한 아이였다.

또 한번은 수암이 우리 고향 아이들이라면 누구라도 할 줄 아는 잠자리채 만드는 법을 내게 가르쳐 주었다. 수암은 가느다란 버드나무 가지를 동그랗게 묶어서 긴 막대에 동여맸다. 그러고는 거미줄을 찾아내어, 그 거미줄로 채의 둥근 고리를 빼곡히 메웠다.

때마침 잠자리 한 마리가 날아가는 것이 보였다. 우리는 쫓아가서 거미줄 채로 잽싸게 잠자리를 낚아챘다. 운 좋게도 수암은 이날 여러 마리의 잠자리를 잡았다. 그는 조심스럽게 잠자리를 채에서 떼어 낸 뒤 엄지와 집게손가락으로 잠자리의 도톰한 날개 부위를 꼭 잡았다. 그러자 잠자리는 자기 꼬리가 물릴 때까지 앞쪽으로 둥글게 몸을 말아 올렸다.

또 풍뎅이를 잡아서는 널찍하고 반질반질한 돌 위에 그것을 뒤집어 놓고 풍뎅이가 한동안 날개를 파닥거리며 빙글빙글 춤추게 만들기도 했다. 그것은 정말 신기했다.

뛰어놀다가 지치면, 우리는 짚단 위에 걸터앉아 볕을 쬐었다.

뒤뜰에는 우리의 놀이터 말고 채소밭도 있었고, 물이 말라버린 얕은 우물도 있었고 커다란 헛간도 있었다.

울타리에는 봉선화가 피어 있었고, 채소밭에는 오이며, 호박이며, 참외의 꽃들이 노랗고 하얗게 피어 있었다.

빨간 열매가 엄청 달리고 큰 아름드리 석류나무도 한 그루 서 있었다. 그러나 석류 맛이 너무 시어서 우리는 열매를 따지는 않았다.

우리 집에는 뜰이 여러 개 있었다. 뒤뜰은 집 뒤에 있다고 해서 그렇게들 불렀다.

둥근 모양으로 지어진 안채는 방 여섯 개, 부엌 하나, 대청마루 하나로 되어 있었고, 가운데에는 뜰이 있었다. 안채에는 여자들이 거처했다. 그곳에는 여러 개의 화분과 오리 집, 그리고 비둘기장이 있었다.

안채 앞으로는 나지막한 담을 사이에 두고 중문이 나 있었고, 그 갈라진 양쪽으로 뜰이 하나씩 있었다. 아버지가 계신 사랑채로 이르는 오른편 뜰은 깊은 우물이 있다고 해서 샘뜰이라 했고,

솟을대문과 행랑채로 둘러쳐진 왼편 뜰은 바깥뜰이라 했다.

우리는 오직 뒤뜰에서만 놀았다.

어느 화창한 오후 나절, 수암이 뒤뜰에서 놀다 말고 나를 안뜰로 데리고 갔다. 그곳에는 크고 어두침침한 방이 있었다. 웬만해서는 우리가 들어갈 일이 없는 찬방이었다. 항상 재미난 일을 궁리해 내는 수암이 또 무언가를 생각해 냈거니 하고 나는 기꺼이 그를 따라갔다.

수암은 한참을 높은 장롱 앞에 선 채 장롱 위에서 반짝반짝 빛나고 있는 갈색 항아리를 올려다보며 무언가를 곰곰이 생각하는 듯했다. 전에도 본 적이 있는 항아리였지만, 나는 그 속에 무엇이 들어 있는지는 알지 못했다. 수암이 장롱 위로 올라가려고 베개를 몇 개 가져다가 층층이 쌓아 올렸다. 나는 그 밑에서 있는 힘껏 그를 도왔다. 그런데 베개가 평평하지 않은 데다 또 길고 둥글어서, 수암은 자꾸 미끄러지며 아래로 굴러떨어졌다. 그러나 그는 포기하지 않았고, 기어코 장롱 위로 올라갔다.

그 위에서 수암은 한참 동안 무언가를 쩝쩝거리는 소리를 냈다. 나는 도대체 무엇을 먹고 있느냐고 물었다. 그는 대답도 하지 않고 소리를 내며 계속 먹기만 했다. 그러더니 얼마 후 내게 꿀을 조금 주겠노라고 했다.

수암은 왼손으로는 장롱 모서리를 꽉 잡고, 항아리 깊숙이 오른손을 담갔다가 다시 조심조심 손을 꺼냈다. 그런데 그때 갑자기 베개가 굴러떨어지면서, 수암은 바닥으로 나동그라졌다. 그가 꿀 묻은 손으로 방바닥을 이리저리 더듬는 바람에 그 맛 좋은 노란 꿀은 항아리에 거의 남지 않게 되었다. 그래도, 그의 손을 깨끗이 핥아 먹고 기분 좋게 돌아올 때까지만 해도 우리는 장차 어떤 일이 벌어질지 알지 못했다.

그날 저녁, 결국 우리는 벌을 받고 말았다.

수암은 자기 어머니 침실에서, 그리고 나는 내 어머니 침실에서 막 잠이 들려고 할 때였다. 갑작스럽게 불려 가게 된 우리는 달콤한 참외나 배를 주려나 보다 하고 잔뜩 기대하며 안방으로 들어갔다.

방에는 집안 여인네들이 몹시 언짢은 얼굴로 앉아 있었다. 하녀 구월이가 혀를 끌끌 차며 베개를 하나씩 하나씩 살펴보는 동안, 두 어머니는 우리를 쏘아보고 계셨다. 수암은 절망적으로 나를 바라보면서, 베개 때문에 들켰다는 것을 내게 암시해 주었다. 수암의 어머니인 숙모는 우리가 정말 장롱 위에 올라갔는지를 물으셨다. 수암은 아무 말도 하지 않았다. 그는 화가 난 어머니가 우리를 벌주려고 대나무 회초리를 들고 계신 모습을 힐끔거리며 바라볼 뿐이었다. 어머니는 회초리 대신 손으로 오른뺨과 왼뺨을 번갈아 때리셨다. 나는 너무 아파서 큰 소리를 내며 울었

다. 그러나 수암은 꾹 참고 있었다. 그는 벌을 받아 마땅하다고
여기고 있는 듯했다. 수암은 울지도 않고, 반항하지도 않고, 그
저 조용히 나를 데리고 밖으로 나왔다.

독약

매일 아침, 수암은 아버지께 사자성어를 새롭게 익혔다.

나는 가만히 옆에 앉아서, 그가 수업을 마칠 때까지 기다렸다.

수암은 아주 힘들게 글자를 배웠다. 처음에는 넉 자를 하나씩 하나씩 소리 내어 읽어야 했고, 그다음에는 훈과 음을 통짜로 줄줄 암기해야 했기 때문에 시간이 꽤 걸렸다.

그런데 내게도 이 일이 닥쳐왔다.

어느 날 아침, 아버지는 내게 책 한 권을 건네주셨다.

"이제 구경 그만하고, 너도 글공부를 해라."

그 책은 수암의 것과 똑같이 누런 표지에 푸른 끈이 묶여 있었다.

아버지는 책을 펼치고는 첫 번째 사자성어를 가르쳐 주셨다.

나는 몹시 엄숙한 마음이 들어서 멍하니 앉아 있었다. 수암은 함께 공부하게 된 것을 기뻐했다. 그는 무엇보다 더 이상 혼자 아버지께 들볶이지 않아도 된다는 점이 기뻤던 모양이었다.

얼마 후 우리는 서예를 배웠다. 읽기보다 훨씬 재미있었다.

나와 수암은 각자 필통 한 개와 종이 몇 장을 받았다.

처음에는 먹을 가는 것부터 배웠다. 연적으로 벼루의 오목한 부분에 물을 가득 붓고는, 물이 기름처럼 걸쭉해질 때까지 손가락 굵기만 한 먹을 그 위에다 대고 문지르고 또 문질렀다.

먹 냄새가 이렇게 향기롭다니!

우리는 굵은 붓으로 글자본을 따라 한 획 한 획 그려 나갔다. 그것을 그리는 데는 무엇보다 인내심이 필요했다.

맨 처음 습자한 글자는 '하늘 천(天)'자였다. 우리는 백 번도 넘게 연습하고 또 연습했다. 마치 청소부가 먼지털이를 꽉 부여잡듯이 손에 붓을 움켜쥐고, 한지의 위에서 아래까지 글을 썼다. 손가락이 온통 새까맣게 되었다. 우리는 바지에 먹물을 아무렇게나 문질러 닦아내면서 글자를 쓰고 또 썼다.

모든 면에서 나보다 생기 있고 힘찬 수암은 습자를 해내는 재빠름도 나를 능가했다. 그러나 매사에 급한 성질 탓에 수암의 연회색 바짓가랑이에는 온통 검은 먹물이 튀어 있었다. 연분홍색

소맷자락은 새까매졌다.

서예 공부를 하던 첫날, 집안의 여인들은 나와 수암을 보고 모두 깜짝 놀랐지만, 꾸짖지는 않았다. 아버지는 오히려 우리를 추켜세워 주기까지 하셨다.

아버지는 크게 웃으셨다.

"그건 명필가에겐 자랑스러운 훈장이지."

그러나 우리 손은 문제가 심각했다. 손바닥의 가느다란 손금들 사이사이에 끼어 있는 먹물은 잘 지워지지 않았기 때문이었다.

사람들은 우리를 '두 먹둥'이라고 놀려 댔다.

매일같이 수암과 나를 씻겨 주어야 했던 구월이는 혀를 끌끌차며 말하곤 했다.

"너희들 손이 더 검은지 까마귀 발이 더 검은지 도무지 알 수가 없구나."

'천(天)'자 다음에는 천자문에 있는 순서대로 '지(地)'와 '현(玄)'과 '황(黃)'자를 썼다.

방에 깔린 깨끗한 장판이 더러워질까 봐 늘 안뜰 마루에서만 습자를 해야 했지만, 우리는 신경 쓰지 않았다.

'일(日)', '월(月)', '성(星)', '신(辰)'자도 썼다.

공부가 끝나면 우리는 곧바로 사랑방을 나와야 했고, 다시 부르실 때까지는 들어갈 수 없었다. 아버지를 귀찮게 해서도, 또 자주 찾아오는 손님들을 방해해서도 안 되기 때문이었다.

우리는 몹시 못마땅했다. 그 방에서는 온갖 진기한 물건들을 볼 수 있었던 까닭에서였다.

그러던 어느 날 오후, 그 방이 텅 비어 있었다.

부모님과 수암의 어머니는 외출하시어 안 계셨다.

우리는 방으로 들어가, 마음 놓고 온갖 물건들을 뒤져 보았다. 방석이며, 등받이며, 책상이며, 나무 혹은 돌로 된 담배 상자들을 마구 뒤졌다. 벽장의 미닫이문을 밀어제치니, 그곳에는 족자며, 갓 상자가 있었고, 맑은 소리가 나는 바둑판도 있었다. 벽장 왼편에는 짙은 빛깔의 나무로 된 높고 진기한 서랍장이 하나 있었다.

거기에는 아주 작은 서랍들이 달려 있었는데, 아쉽게도 모두 잠겨 있었다. 우리는 있는 힘을 다해 이리저리 흔들어 보았지만, 열리지 않았다. 그때 수암이 서랍장 왼편에서 작은 열쇠를 찾아냈다. 그는 열쇠로 서랍들을 하나씩 하나씩 열어서 거기에 들어 있는 온갖 진기한 물건들을 일일이 검사했다.

바로 그게 화근이 되었다.

그곳에 그런 위험한 물건이 있으리라고는 전혀 생각지도 못했던 우리는 서랍 안에 든 것을 조금씩 맛보았다. 희고 딱딱한 뿌리며, 가느다란 나무줄기며, 갈색의 둥근 알맹이들이 있었고, 그 외에도 많은 것들이 있었다.

내가 달착지근하고 가느다란 나무줄기를 먹어 보는 동안, 수암은 계속해서 서랍을 뒤졌다. 그러더니 그는 검은 환약과 하얀 알약 몇 개를 씹어 먹었다. 갑자기 수암이 아주 조용해지더니, 그대로 주저앉았다.

"미악!"

수암이 조그만 목소리로 나를 불렀다. 그는 내게 뭔가 특별한 것을 알려 줄 때면 항상 그렇게 말했다. 수암이 나를 미악이라고 불렀던 것은 'ㄹ'과 'ㅡ'를 정확하게 발음하지 못했기 때문이었다.

"미악, 물 좀 줘!"

내가 물을 한 대접 갖다 주자 수암은 단숨에 들이켰다. 그리고는 한참을 멍하니 앉아 있었다.

"미악, 내 목을 들여다봐 줘!"

그는 신음소리를 내며, 입을 크게 벌렸다.

목구멍이 새빨갛게 부어올라 있었다. 내가 사실대로 말하자, 수암의 두 눈에선 눈물이 뚝뚝 떨어졌다.

"아, 죽는구나!"

수암이 슬프게 말했다.

우리는 모든 것들을 그냥 놔둔 채로 일어나, 안뜰로 달려갔다.

누이들이 우리에게로 뛰어왔다. 그러고는 곧장 부모님께 구월이를 보냈다.

수암의 목구멍이 점점 더 넓게 부어오르고 있는 것이 보였다. 수암은 숨 쉬기도 힘들어했다.

불쌍한 수암! 나는 그가 그렇게 고통스러워하는 것을 한 번도 본 적이 없었다. 숨을 쉬기 힘든지 수암은 바닥에 누워, 줄곧 나를 바라보았다. 마치 나와 영원히 작별이라도 하려는 듯.

때마침 아버지가 의원을 데리고 집으로 돌아오셨다. 의원은 수암이 무엇을 먹었는지를 내게 캐묻고는 검은 탕약 한 사발을 지어 왔다. 마침내 이 검은 물약이 기적을 일으켰다.

다음 날 아침, 수암은 다시 거뜬해졌다.

다만 그는 평소와는 다르게 조용해졌고, 쓴 약도 잘 마셨다.

의원은 수암에게 또 다른 병은 없는지 이번 기회에 수암을 진찰했고, 여러 가지 약을 복용하게 했다. 수암은 의원이 시키는 대로 잘 따랐다. 검은 물약 덕분에 자기가 살아난 것을 알고 있었기 때문이었다.

그러나 우리는 훔쳐 먹은 죄에 대해서는 벌을 받아야 했기에,

마침내 끔찍한 날이 오고야 말았다. 그런데 수암이 병을 앓고 있으니 그는 특별히 벌을 받지 않았다.

나는 이미 내게 해당하는 벌로써 셀 수도 없는 야단과, 따귀를 맞았다. 그래도 괜찮았다. 나는 수암이 죽지 않은 것이 그저 기쁠 따름이었다.

그러나 수암은 끔찍한 고통을 또 한 번 참아내야만 했다.

어느 무더운 날 오후, 그는 사랑채에 있는 의원에게 불려 갔다. 의원은 수암의 등 위에 마른 약초 뜸 두 개를 올려놓고 불을 붙여, 뜨거운 기운이 피부 속으로 들어가게 하는 치료를 할 것이라고 설명해 주었다.

수암은 모든 것을 정확하게, 잘해 달라고 했다. 그는 잠시 생각하는가 싶더니 의원 앞에서 몸을 엎드렸다.

"넌 내 옆에 꼭 붙어 있어야 해!"

수암이 내게 말했다.

"응, 아무 데도 가지 않을게!"

나는 그에게 굳게 약속했다.

두 어머니가 손을 꼭 잡아 주시자, 수암은 가만히 있었다.

의원은 회녹색 덩어리로 된 작은 피라미드 모양의 뜸을 수암의 벗은 등 위에다 올려놓고, 뾰족한 그 끝에 불을 붙였다.

"수암아, 연기가 나."

내가 그에게 말했다.

"아프냐?"

의원이 수암에게 물었다.

"아니요!"

수암이 점잖게 대답했다.

그러나 얼마 후, 수암이 소리쳤다.

"아, 뜨거워!"

"조금만 참거라."

의원이 말했다.

"약초 기운이 피부 속으로 쑥 들어가야 한다."

의원은 타고 있는 뜸자리를 손가락으로 문질렀다.

"아, 살이 탄다!"

수암이 소리를 질러 댔다.

"미악아, 내 등에 있는 것 좀 치워 줘!"

"조금만 더 참아라!"

두 어머니가 소리치시며, 나를 옆으로 밀어내셨다.

"제발 좀 치워 줘, 미악아!"

수암이 다시 한 번 간절하게 내게 소리쳤다.

"살이 타고 있어!"

"그럴 수 없어, 수암아."

"빨리, 빨리 치워, 미악아, 빨리 치워 줘, 미악아, 미악아, 오, 미악아!"

가슴 찢기는 이 애절한 장면은 화가 나서 마구 퍼부어대는 수암의 욕설로 끝이 났다.

"야, 이 망할 놈, 이 의원 놈, 이 개자식!"

수암이 소리쳤다.

앓는 중에도 나와 수암은 계속해서 한자를 공부했다.

『천자문』이라는 제목이 책 표지에 붙어 있었다. 이 책에는 정확하게 네 자씩 운이 맞추어져 천 개의 글자가 있었다. 그리고 책 제목 말고도 '백발 문자'라는 부제가 덧붙여 있었다. 마침내 우리가 그 책을 다 강독하게 되었을 때, 아버지는 그 책 제목의 뜻을 우리에게 설명해 주셨다.

책을 지은 사람은 중국 황제로부터 사형을 선고 받은 젊은 죄수였다고 했다. 그는 뛰어난 시인이었고, 모든 신하들이 이런 그를 살려 달라고 황제에게 간청했다. 그러자 황제는 아주 어려운 문제를 내주면서, 만약 시인이 문제를 풀면 살려 주겠노라고 했다. 과제는 황제가 아무렇게나 모아 놓은 천 개의 글자를 가지고 하룻밤 만에 시 한 편을 짓는 일이었다. 사형수가 이 문제를 가까스로 풀어 다음 날 아침, 그 시를 가지고 황제 앞으로 나갔다.

그런데 황제는 죄수를 전혀 알아보지 못했다. 살아남기 위해 혼신의 힘을 다했던 시인은 하룻밤 사이에 백발 노인이 되고 말았던 것이다.

죄수의 시는 너무도 훌륭했다. 황제는 그 시 속에서 위대한 시인을 발견했고, 결국 그를 살려 주었다.

수암과 나는 아버지의 발치에 조용히 앉아 이야기를 들으면서, 이야기 속으로 깊이깊이 빠져 들어갔다. 그 시인이 무슨 죄를 지었고 또 어떻게 되었는지는 알 수 없었지만, 죽음과 맞서 싸우느냐고 머리가 하얗게 세어 버렸다는 점이 우리를 매우 슬프게 했다.

얼마 후 우리에게 큰 변화가 생겼다.

아버지께서 훈장님을 집으로 모셔 와, 바깥채에 서당을 열고 친척집 아이들을 불러들이신 것이다. 사내아이들은 서른 명이 넘었고, 여자아이도 하나 있었다.

매일 아침 우리 둘은 새로 오신 훈장님 앞으로 나아가 그의 감독 하에 한나절 내내 읽기와 쓰기를 해야 했다. 저녁때까지 꼼짝없이 앉아 공부만 해야 하는 이 새로운 생활이 나와 수암은 썩 마음에 들지는 않았다.

그래도 아이들과 어울려 노는 쉬는 시간은 너무 좋았다. 아이들은 아주 많은 놀이를 우리에게 가르쳐 주었다.

사내아이들이 가장 재미있어하는 놀이는 일종의 깃털 공을 가지고 노는 '제기차기'라는 것이었다. 우리는 구멍 뚫린 동전과 얇은 종이로 깃털 공을 만들었다. 한 발로 공을 높이 차올렸다가, 그것이 땅에 떨어지기 전에 얼른 다시 그 발로 차올리면 되었다. 그렇게 공을 떨어뜨리지 않고 가장 여러 번 차올리는 아이가 놀이의 승자였다. 대개는 승자가 되어 우쭐대는 재미로 이 놀이를 즐겼다. 그러나 때로는 승자가 되어 패자를 골려 준다든지 또는 손가락 두 개로 패자의 팔목을 때리는 재미로 이 놀이를 즐기는 아이들도 있었다. 또 어떤 아이들은 볶은 콩 한 줌이나 밤을 걸고 내기를 하기도 했다.

수암은 과격하게 제기차기를 했다. 그래서 내기에서 담판을 지어야 할 때면 항상 주먹다짐이나 발길질로 놀이를 끝내기 일쑤였다.

처음으로 받은 벌

하루는 수암이 사랑채에 딸린 작은 방에 앉아서 무언가에 열중하고 있었다.

그는 긴 대나무 줄기를 가느다랗게 쪼개어, 반질반질해질 때까지 예리한 칼로 그것을 다듬었다. 그러고는 습자하려고 받아온 종이를 동그랗게 오려서 구멍을 내고, 그 밑에다 먹으로 나비 한 마리를 그려 넣었다. 가느다란 대나무 줄기로 종이를 팽팽하게 하고, 풀을 칠하고, 볕에 말렸다.

그것은 종이 연이었다.

우리는 종종 아이들이 그것을 가지고 집 앞에 있는 성벽 위에서 노는 것을 본 적이 있었다. 오래전부터 연을 갖고 싶었지만,

바람은 이루어지지 않았다. 부모님은 이 놀이는 물론 다른 놀이들도 허락하지 않으셨기 때문이었다.

그런데 수암이 다른 아이들의 연을 눈대중하여 혼자서 연을 만들고 있었던 것이다. 나는 사촌의 재주에 감탄했다. 그러고는 곧 연을 띄울 수 있다는 희망에, 그가 종이를 팽팽하게 당기는 것을 돕고 또 말리는 것을 거들어 주었다.

다음 날, 우리는 뒤뜰에서 몰래 첫 번째 실험을 했다. 그런데 연이 올라가지 않고, 연거푸 땅바닥으로 떨어져 버렸다. 나는 수차례 연이 있는 대로 달려가서 그것을 공중으로 던졌다. 그러면 수암은 또 줄의 끝자락을 붙잡고 아주 빠르게 반대쪽으로 달려가길 여러 차례 반복했다.

그러나 번번이 연은 땅바닥에 그대로 떨어져 버렸다. 낙담한 수암은 다시 대나무 줄기를 조금 더 가늘게 쪼개고, 또 더 얇은 종이로 연을 만들었다. 그래도 그것은 하늘로 올라갈 기미를 보이지 않았다. 수암은 연을 만들고 또 만들었다.

종이는 넉넉했다. 그는 매일 종이 세 장을 받아와, 두 장으로는 습자를 하고 나머지 한 장은 연을 만드는 데 썼다. 게다가 작은 방에는 질 좋은 종이 뭉치들이 많아서 수암은 이따금 그것들 가운데 몇 개를 꺼내다가 연을 만들었다. 저녁때는 이 작은 방에 아무도 오지 않았으므로 어떤 방해도 받지 않고 이 일을 할 수 있었다.

나는 지치기도 하고, 또 조금은 실망하기도 하면서 방으로 돌아오곤 했다.

나는 잠자리에 누워 병풍 그림을 바라보는 것을 즐겼다.

병풍은 여덟 폭으로 되어 있었다. 산이며, 바위며, 꽃이며, 시내며, 저 멀리 다리 너머로 혹은 바닷가 너머로 아득히 날아가는 기러기들이 그 위에 그려져 있었다. 이 모든 것이 촛불 속에서 너무도 아름답게 빛났다.

그러나 내가 가장 즐겨 보는 것은 어느 목동의 그림이었다. 그는 황소를 타고 가면서 피리를 불고 있었다. 높다란 수양버들을 지나, 저 멀리 언덕 너머로 보일 듯 말 듯 숨어 있는 자기의 오두막집으로 돌아가고 있는 것처럼 보였다. 양지 바른 오솔길을 느림보 걸음으로 한가롭게 걸어가는 황소가 나를 즐겁게 했고, 피리 소리가 들려오는 듯했다. 그림에서 한없는 평화가 느껴졌다.

내가 그렇게 혼자 누워 있을 때, 이따금 셋째 누이가 찾아오곤 했다.

그녀는 나보다 두 살 많았고, 사람들은 이 누이를 '셋째'라고 불렀다. 그녀는 남다른 데가 있었다. 저녁 무렵이 되면 다른 두 누이들과 사촌 누이들은 뒤뜰에 모여 놀았지만, 셋째 누이는 그 것을 좋아하지 않았다. 그 대신 나를 찾아와 별 이야기며, 해와 달 이야기며, 제비와 토끼와 호랑이 이야기며, 가난한 농부와 나 무꾼 이야기를 해 주었다.

그녀는 정말 셀 수도 없이 많은 이야기를 알고 있었다.

나무꾼 이야기는 이랬다.

한 가난한 나무꾼이 나무하러 산속에 갔을 때, 갑자기 도토리 하나가 산비탈 아래로 굴러떨어져 왔다.

"이걸 어머니께 갖다드려야겠구나!"

나무꾼은 이렇게 말하며 도토리를 호주머니에 집어넣었다. 그러자 계속해서 도토리가 굴러 내려왔다. 그때마다 그는 어머 니만을 생각하면서, 호주머니에 도토리를 집어넣었다. 그런데 나무꾼이 집으로 돌아오니, 호주머니 속에 들어 있던 도토리들 이 모두 황금으로 변해 있었다는 이야기다.

또 어떤 가난한 어부 이야기도 있었다.

한 어부가 큰 강에서 물고기를 잡고 있었다. 온종일 한 마리 도 잡지 못하자 그는 아무것도 집으로 가져갈 수 없게 될까 걱 정이 되었다. 저녁이 되어서야, 어부는 은빛 비늘이 반짝이는 잉어 한 마리를 겨우 잡았다.

물고기를 바구니에 넣으려고 할 때, 어부는 잉어가 비통하게 울고 있는 것을 보았다. 그는 불쌍한 마음이 들어 잉어를 놓아 주었다.

그런데 다음 날 아침, 어부는 남해 용왕에게로 불려갔다. 그러고는 용왕에게 하나밖에 없는 아들인 잉어를 어제 저녁 살려 준 보답으로, 보물단지를 하나 받았다. 그 보물단지에서는 어부가 원하는 온갖 것들이 쏟아져 나왔다.

모든 누이들이 그랬듯이 막내 누이도 사내아이들만 공부하는 서당에는 다니지 못했다. 딸들은 어머니나 나이 든 여자들에게서 예절을 익혀야 했다. 셋째는 아직 너무 어려서 바느질하는 것도, 수놓는 것도, 요리하는 것도 배우지 못했다. 그녀는 그저 놀거나 재미있는 이야기를 조잘대면서 하루를 보냈다.

나는 이따금 셋째 누이가 화단에 앉아 봉선화 잎을 아주 곱게 빻아서 작은 손가락에 칭칭 동여매는 것을 보았다. 그것을 그대로 잘 두면 손톱이 빨갛게 물들었다.

나는 그녀가 방 모퉁이에 앉아 두꺼운 책을 읽고 있는 것도 보았다. 셋째 누이는 이야기책과 소설책을 즐겨 읽었다. 그녀가 읽는 책들은 어려운 한자가 아닌, 쉬운 한글로 쓰여 있었다.

한글은 스무여 개의 자모음으로 되어 있었다. 셋째 누이는 그래서 단어들을 '천(天)'이니 '지(地)'니, '일(日)'이니 '월(月)'이니 등으로 발음하지 않고, 자모음을 이용해 'ㅏ', 'ㅗ', 'ㅔ', 'ㄱ'이니 'ㄴ'으로 소리 낸다고 내게 차근차근 설명해 주었다. 그녀는 어려서부터 유모에게서 한글을 배웠기에 온갖 이야기책들을 읽을 수 있었다.

사람들은 우리 고유의 이 쉬운 문자를 '언문'이라고 했다. 그것은 간단한 역사와 이야기, 소설에 쓰였다. 학교를 다니지 못한 여자들은 그것으로 무엇이든 읽을 수 있었다.

셋째 누이는 나를 가르치는 것을 좋아했다.

그녀는 숫자며, 축제일이며, 생일이며, 그 밖에 중요한 것들을 내게 일러주었다. 이야기를 하지 않을 때는, 셋째 누이는 팔베개를 하고 가만히 내 옆에 누워 있었다. 그럴 때면, 나는 그녀가 내게 뭔가를 질문하리라는 것을 금방 알아차렸다.

셋째 누이가 내게 물었다.

"방위에는 뭐가 있지?"

"동, 서, 남, 북."

나는 대답했다.

"색깔에는 뭐가 있지?"

셋째 누이가 물었다.

"청, 황, 적, 백, 흑."

"계절은 어떻게 계속되지?"

"봄, 여름, 가을, 겨울."

"봄은 어떤 아름다움을 가져다주지?"

셋째 누이는 내게 계속 물었다.

그녀는 계절의 아름다움에 대한 많은 글귀들을 내게 가르쳐 주었고, 나는 그것을 줄줄 외었다.

"산에는 활짝 핀 꽃들을, 골짜기에는 뻐꾸기 울음을."

"그래, 잘했어. 그러면 여름을 아름답게 하는 건 뭐지?"

"가랑비가 보슬보슬 내리는 들녘, 담장의 푸른 버들."

"가을에는 무엇이 아름답지?"

"들판에서 재잘대는 시원한 바람, 나무에서 떨어지는 마른 나뭇잎, 고즈넉이 뜰을 비추는 달."

"아주 잘했어. 겨울에는 무슨 일이 일어나지?"

"언덕과 산이 하얗게 덮이고, 오솔길에선 나그네조차 만날 수가 없네."

"너 정말 똑똑하구나!"

셋째 누이가 나를 칭찬했다.

어느 날 저녁, 나는 수암이 무엇을 하고 있는지 보려고 그 비밀 방으로 다시 갔다.

수암은 그동안 작은 연들을 수도 없이 많이 만들어 실험을 해 보았고, 이제는 아주 큰 것을 만들려고 했다.

그는 나보고, 동그란 구멍 밑에 검은 색으로 큰 나비 두 마리를 그리라고 했다. 그동안 수암은 대나무 살을 쪼갰다. 풀이 끓고 있었고, 화롯불 속에는 인두가 꽂혀 있었다. 대나무 살을 하나씩 하나씩 종이에 붙이고 있을 때였다.

갑자기 방문이 벌컥 열리더니, 아버지가 우리 앞에 불쑥 나타나셨다. 우리는 깜짝 놀라 어찌해야 할 바를 몰랐다. 수암은 연을 미처 숨기지 못했고, 아버지는 그것을 보시고야 말았다.

아버지는 우리를 보고, 연을 보고, 또 아무렇게나 뜯겨져 있는 종이 뭉치를 보셨다. 잠시 어쩔 줄을 몰라 하시더니, 화를 내며 버럭 소리를 지르셨다.

"이리 나와!"

우리는 그 훌륭한 연을 방에 그대로 남겨둔 채로, 슬금슬금 밖으로 걸어 나왔다.

"얘는 구경만 했어요!"

덜덜 떨면서 수암이 내가 벌을 받지 않게 하려고 말했다.

다음 날 아침, 벌이 내려졌다.

연을 만드는 것은 잘못한 일이 아닐 수 있었다. 그러나 습자를 하는 데 사용해야 할 종이를 아무렇게나 써 버리고, 귀중한 종이 꾸러미를 마구 풀어 헤쳐 놓은 것은 큰 잘못이었다.

이 사실이 훈장님께 알려졌고, 훈장님은 직접 우리를 벌하셨다. 우리는 바지를 걷어 올리고 종아리에 회초리를 맞았다. 훈장님은 손가락 굵기만 한 회초리 몇 개를 항상 곁에 두고는 계셨지만, 여태껏 그것을 사용하신 적은 한 번도 없었다.

평화롭기만 하던 서당에서 처음으로 벌을 받는 사건이 벌어졌고 우리 둘은 그 본보기가 되었다.

방 한가운데에 두 말썽꾸러기가 무릎을 꿇고 앉아 있는 동안, 아이들은 벽에 등을 대고 빙 둘러앉아 그 광경을 바라봤다. 분위기가 너무도 엄숙했다. 고통스러울 정도로!

훈장님은 정자관을 쓰시고, 우리가 잘못한 것에 대해 낱낱이 설명하셨다. 그러고는 회초리를 들고, 그것이 단단한지 확인하셨다.

아, 얼마나 무서웠던가!

훈장님은 수암더러 종아리를 걷어 올리라고 하셨다.

수암은 멈칫멈칫 회초리를 힐끔거리며, 자리에 그대로 앉아 있었다.

"어서 나오지 못하겠느냐?"

훈장님이 소리치셨다.

수암은 한숨을 쉬며, 앞으로 걸어 나가서 바지를 걷어 올렸다.

훈장님은 회초리로 연거푸 세 번 종아리를 내리치셨고, 수암은 그만 울음을 터뜨리고 말았다. 그러면서도 수암은 나는 단지 옆에서 연 만드는 것을 지켜보고 있었을 뿐이니 아무 죄가 없다고 해명해 주었다. 그럼에도 불구하고, 나는 종아리를 세 대나 맞았다. 몹시 아팠다.

그러나 가장 끔찍했던 것은 통증이 아니었다. 그래도 그것은 참을 만했다. 더 고통스러운 것은 동정심으로 우리를 바라보는 아이들 앞에서 벌을 받게 되었다는 불명예였다.

남문에서

서당 아이들은 대부분 나와 수암보다는 나이가 많아서 공부도 훨씬 앞서 있었다. 그들 중 몇 명은 벌써 중국 당 왕조 때의 유명한 시인들의 시를 읽고 운율 연습까지 하고 있어서 다른 아이들의 부러움을 샀다. 시 속에는 꽃에 대한 이야기며, 비에 대한 이야기, 달빛 혹은 술잔에 대한 이야기가 있었다. 한편 아이들은 대부분 열다섯 권짜리 대서사 작품인『통감』을 읽었다. 그건 정말 흥미진진했다. 나라가 싸움을 벌여 하나의 왕조가 몰락하면, 그 자리에 또 다른 왕조가 세워졌다. 수암과 나를 포함한 몇몇 어린아이들은 이른바 간단한 독본으로 된『삼강오행』과 짧게 요약된『한국 역사』를 읽었다.

입문서를 끝내고 마침내 『통감』 첫 권을 손에 쥐었을 때, 우리는 너무도 기뻤다.

아침마다 서당에 들어서면서, 아이들은 맨 처음에는 훈장님 앞에서 공손하게 큰절을 했다.

그러고 나면, 전날에 배운 것을 잘 외우고 있는지를 시험 보았다. 암기를 잘한 아이들은 새로운 과제를 받았고, 그러지 못한 아이들은 전날 배웠던 것을 다시 익혀야 했다.

시험이 끝나고 나면 아이들은 각자 자기의 벼루를 가져다가 먹을 갈았고, 훈장님께 새 습자 본을 받아 와 글씨를 연습했다. 그리고 잠시 쉬었다가 그날에 새로 배운 것을 크게 소리 내어 읽었다. 아이들이 각자 다른 책과 다른 부분을 읽었기 때문에, 서당은 벌떼처럼 윙윙거리는 소리로 온통 가득했다.

오후에는 오전 때보다 쉬는 시간이 길어서, 여름에는 자주 먹을 감으러 가곤 했다.

우리 고향 수양산은 골짜기마다 아름다운 시내가 흘렀다. 그곳에서 우리는 뛰어놀기도 하고, 헤엄치기도 하고, 장난을 치기도 했다.

시내로 가는 길은 무척 아름다웠다. 마을을 벗어나자마자 곧바로 수많은 암벽들이 좌우로 둘러쳐져 있어 깊이 그늘진 오솔길을 걷다 보면 마침내 넓고 깊은 물웅덩이가 나왔다. 이곳에서 나와 수암은 훌러덩 옷을 벗고 맑은 물속으로 뛰어 들어가 자맥질을 하곤 했다. 후덥지근한 열기가 가시고 서늘해질 때까지 우리는 그곳에서 놀았다. 그리고 다시 그 아름다운 오솔길을 걸어 집으로 돌아왔다.

숲에서는 매미들이 앞다투어 울어 댔다.

저녁 식사 후, 어머니들은 우리가 남문으로 가서 잠깐 놀고 오는 것을 허락해 주셨다.

수암과 나는 특히 남문에서 노는 것을 좋아했다. 저녁노을 속에서 삼층 석탑은 절묘해 보이기까지 했다. 우리는 성벽과 집채 사이로 난 골목길을 지나, 성문 앞 공터까지 셀 수 없이 많은 가파른 돌계단을 올라갔다. 거기에는 벌써 이웃집 아이들이 모여 놀고 있었다.

어떤 아이들은 망가진 옛날 동전을 앞에 던져 놓고 납작한 돌멩이로 그 동전을 맞히는 놀이를 했고, 또 어떤 아이들은 제기 차기 놀이를 했고, 또 어떤 아이들은 일정하게 구간을 정해 놓고 더 이상 뛸 수 없을 때까지 한 발로 뛰어서 오고가는 놀이를 했다.

아이들은 잡담을 하기도 하고, 자기 자랑을 하기도 하고, 말다툼을 하기도 하고, 서로 씨름을 하기도 했다. 그러다가도 삼문에서 음악이 시작되면, 모두 조용해졌다.

그 문은 우리 집에서 아주 멀리 떨어져 있는 시내 한복판의 목사관 앞에 세워져 있었다.

조용한 저녁이면 맑고 영롱한 소리가 삼문에서 남문까지 울려와, 땅거미를 천천히 내리며 우리를 잠재웠다. 하루가 다 가고 밤이 되었으니 고을의 모든 사람들은 걱정 말고 편안히 쉬라는 뜻에서 원님이 건네는 저녁 인사였다.

우리 고을에 평화가 넘치길!

평화로운 저녁의 안식이 찾아왔다. 집집마다 연기가 피어오르고, 잿빛 지붕들이 여름 저녁의 안개 속으로 서서히 잠겨 갔다. 높은 산봉우리들만 푸르스름한 하늘 속에서 홀로 밝게 빛나고 있었다. 그럴 때면 나는 종종 슬퍼지곤 했다. 그것은 어쩌면 하루가 또 지나가 버리고, 아무것도 헤아릴 수 없는 밤에 포위당해 버렸기 때문이었을 것이다.

깊은 생각에 빠져 그곳에 앉아 있을 때였다.

어떤 키 큰 남자가 천천히 돌계단으로 올라와 탑 안으로 들어가더니 종루의 문을 열고 무거운 망치를 꺼냈다. 그는 한동안 그곳에 가만히 서서 음악 소리에 귀를 기울였다. 그러다가 그 소리가 잦아들자, 곧바로 망치를 높이 들어 올려 큰 종을 쳤다. 산이 으르렁대며 진동했다. 우리는 종루지기 옆에 빙 둘러서서, 그가 종을 몇 번 치는지 손가락으로 세었다. 오른손 엄지손가락부터 새끼손가락까지 꼽았다가, 그것을 다시 차례차례 거꾸로 폈다. 그러면 열이 되었다. 그러고는 한 번 더 열 개를 세기 위해 재빨리 왼손의 엄지손가락을 꼽았다.

매일 저녁마다 종지기는 스물여덟 번의 종을 쳤다. 저녁 타종은 스물여덟 분의 운명의 신들에 의해 다스려진다는 땅을 위한 것이기 때문이었다.

종지기는 망치를 다시 종루에 집어넣고 문을 꼭 잠근 후, 탁 트인 성문 앞뜰로 걸어 나왔다. 그는 망루의 나지막한 난간 앞에 서서, 짤막한 곰방대에 담뱃재를 채웠다. 종을 치느라고 힘이 들었는지 그의 얼굴은 붉게 상기되어 있었고, 땀이 흘러내리고 있었다. 그는 우두커니 봉화산 꼭대기 쪽을 바라보았다. 매일 저녁, 그곳에는 우리에게 안식이 깃들라고 신호를 보내는 봉화가 밝혀졌다.

그 횃불은 다음 산에서 받아 또 다른 산으로 계속 넘겨졌고, 깊은 밤 산봉우리 위에서 활활 타올라 마침내는 임금이 계신 한양에까지 다다랐다.

우리는 이야기로만 들은 그 도시에 대해 아는 것이 전혀 없었다. 다만 그 도시가 분명 봉화산 쪽에 있을 것이라는 건 분명했다.

횃불은 봉화산 마루에서 천천히 피어올라, 이윽고 황혼 속에서 활활 타올랐다.

그러자 종지기가 흡족해했다. 예전 같으면 우리에게 꼬마 도깨비가 돌을 던질지도 모르니 얼른 집으로 돌아가라고 훈계했을 그는 그대로 계단을 내려갔다. 아이들은 그를 따라갔다. 그들은 널찍한 난간 바위에 걸터앉아 미끄럼을 타고 아래로 내려갔다. 우리도 똑같이 그렇게 했다. 바위는 아이들이 하도 미끄럼을 타서 반질반질하게 닦여 있었기에 이미 더럽혀져 있던 우리 바지는 더 더러워질 것도 없었다.

우리는 아치형 성문으로 가서 남문이 잘 잠겼는지, 그리고 엿장수가 다시 판을 벌였는지를 살펴보았다. 널찍한 엿판 위에는 맛 좋은 네모난 엿과 가락엿, 조각 엿이 크기와 향신료별로 진열되어 있었다. 그 옆에 작은 등잔불이 세워 있었고, 조각 엿을 자르는 데 쓰는 가위 하나가 엿판 위에 놓여 있었다. 엿장수는 곧잘 슬픈 곡조를 흥얼대기도 하고, 달콤한 엿 속에 자신이 섞어 놓은 온갖 향신료에 대해 떠벌리기도 하고, 거기에 맞추어 작은 가위로 장단을 두들기기도 했다. 우리는 뿌듯한 마음으로 어둑어둑해진 골목길을 지나 집으로 돌아왔다. 꼬마 도깨비 따위는 무섭지도 않았다.

벌써 집집마다 방문에서는 희미한 불빛이 새어 나오고 있었다. 우리는 저녁 음악의 그 감미로운 곡조를 계속해서 흥얼거렸다.

　잠시 뒤뜰에 들려 여자아이들이 노는 것을 구경하고 있는 동안, 수암은 슬그머니 어디론가 사라졌다가 밤이 늦어서야 집으로 돌아오곤 했다. 우리 동네 사내아이들은 골목길이나 공터에 모여 다른 동네 아이들과 곧잘 패싸움을 벌이곤 했다. 아이들은 대부분 주먹으로 싸웠지만, 물건이나 작은 돌멩이를 사용하는 아이들도 없지 않았다. 저녁이 좀 시원해지고 달빛이 더 밝은 날일수록 패싸움은 더욱 잦아졌다. 싸움이 있는 날에는 수암의 저고리도 종종 엉망진창이 되어 있곤 했다.

칠성

혈육 관계에서 아버지는 그다지 복이 없는 것 같았다.

아버지의 남동생은 아내와 세 아이들을 아버지에게 남겨 놓고 일찍 세상을 떠나셨다. 누이도 남편을 여의고 상복기를 끝낸 뒤 외아들을 데리고 우리 집으로 오셨다.

그 아이는 열 살쯤 되었고, 우리 셋 중에서 나이가 제일 많았다. 그 나이 또래 아이들이 그렇듯, 그는 뺨이 발그레하고 귀염성 있는 예쁘장한 사내아이였다. 다만 그 아이의 예쁜 외모에는 딱 하나 흠이 있었는데, 그것은 눈에 띄게 두툼하고 딱딱한 입술이었다. 사람들은 아이가 심하게 앓고 나서 그렇게 되었다고 했다. 그는 눈빛이 살아 있고, 두 귀가 아주 동그스름했다. 얼굴빛이 아주 곱고 두 뺨이 너무도 발그레하여, 사내아이 옷을 입지 않았더라면 사람들은 그를 여자아이로 여겼을 것이다. 그러나 내가 놀란 것은 말끔한 그의 두 손이었다. 바로 그것 때문에 그 아이와 나는 크게 차이가 나 보였다.

저녁 무렵 샘뜰에서 제기를 차고 있을 때, 그 아이가 우리 앞에 불쑥 나타났다.

그는 우리에게로 다가와 누가 수암이고, 누가 미륵이냐고 물었다. 우리는 단번에 그가 누군지를 알아챘다. 이제 우리와 함께 살게 될 사촌 형, 칠성이었다. 나는 그가 너무 잘생겨서 마음에 쏙 들었다. 나는 단번에 칠성에게 같이 놀자고 했다. 그러나 수암은 썩 내키지 않는 것 같았다. 그는 우물가에 기대어 서서, 잠시 멈추었던 놀이를 다시 하지 않았다.

"여기서 놀려니 너무 추워."

수암은 그렇게 말하면서, 예쁘장하게 생긴 사촌을 못마땅하게 훑어보기만 했다. 우리가 다시 한참 제기를 차고 있는 동안 칠성은 호주머니에서 짧은 대나무 가지와 주머니칼을 꺼내어 가지 둘레를 깎았다. 그는 두툼한 입술로 처음에는 힘차고 빠른 곡조를 불더니 나중에는 느리고 구슬픈 가락을 불었다. 그것은 언젠가의 즐거웠던 일을 떠올리게 했다. 나는 온몸으로 젖어 들어오는 황홀한 신명에 흠뻑 젖었다. 수암도 장단에 맞추어 팔다리를 들썩이는 것이 보였다. 내가 장단에 맞추어 춤을 추자, 칠성의 곡조는 더욱 신명에 차올랐다. 그는 피리를 불고 또 불었다. 어찌나 춤에 빠져 있었던지, 우리는 아버지와 칠성의 할아버지가 사랑채 돌층계에 서서 빙긋이 웃으며 구경하고 계신 것도 전혀 알아채지 못했다. 아버지는 내가 춤추는 것을 한 번도 본 적이 없으셨다. 내 기억으로는 저녁마다 안방에서 할머니의 감독 하에 춤을 추었을 때, 아버지는 단 한 번도 그곳에 온 적이 없으셨다. 두 누이들이 작은 북으로 장단을 치고 아이다운 곡조를 노래하면, 수암과 나는 그것에 맞추어 간단한 팔 동작과 발동작으로 춤을 추었다. 그러나 누이들도 이처럼 마음 깊이 아름다운 곡조를 우리에게 불러 준 적이 없었다. 그것은 해마다 우리 고을에서 펼쳐졌던 인기 있는 무언극, 탈춤에서 나온 곡조였다.

어느 화창한 초여름 날 아침, 구월이는 탈놀이를 보려고 수암과 나를 데리고 시내에 갔다. 가면을 쓰고 분장한 서른 명 남짓의 광대들이, 음악을 연주하면서 시내를 지나 북쪽 성문 앞에 있는 노천 무대까지 이동하는 사람들의 무리에 끼었다. 성벽 위에도, 성문 안에도, 그늘진 키 큰 나무들 아래에 있는 무대 주변 언덕 위에도 수많은 사람들이 앉아 있었다.

맨 처음으로 등장한 것은 절을 떠나 속세로 나온 한 승려였다. 그는 아름다운 여인과 사랑에 빠지게 되었고, 행복에 젖어 춤을 추었다. 그러나 익살스런 광대가 두 사람 사이로 끼어들었다. 그는 움직일 때마다 몹시 요란하게 울려대는 수많은 방울을 차고 있었다. 광대는 승려가 아름다운 여인에게 구애하는 것을 계속 방해했고, 마침내는 승려에게서 그 여인을 빼앗고 말았다. 가련한 노승은 속절없이 산속에 있는 절로 돌아가야 했다. 승려의 이별은 너무도 애절했고, 힘이 넘치는 그의 춤은 종일토록 계속되었던 공연의 말미를 장식했다.

해질 무렵부터 시작되어 땅거미가 드리울 때까지 계속되었던 광대의 마지막 춤은 내 마음을 마구 뒤흔들어 놓았다. 그는 길게 늘어진 소매를 슬픈 곡조에 맞추어 한 번은 앞으로 또 한 번은 뒤로 뿌리고, 지친 다리를 한 번은 잔걸음으로, 한 번은 크게 구부려 내딛고, 등을 곧추세웠다가 굽히며 허공에다가 연신 애환을 그려 댔다.

그때 그 모든 것들이 내 심장 속으로, 내 붉은 피 속으로 아주 깊숙이 스며들어 왔었기에 바로 오늘 저녁, 나는 칠성의 곡조에 맞추어 춤을 출 수도 있었다. 아버지는 내가 춤에 빠져 있는 것을 별로 좋아하지 않으셨다. 그러나 세 명의 사촌이 함께 살게 된 첫날 저녁을 함께 잘 어울리며 보내는 것에 대해서는 매우 만족스러워하셨다. 우리는 실제로 가을에서 겨울까지는 싸우지도 않고 함께 잘 지냈다. 특히 사촌인 칠성이 여러 가지 놀이로 우리를 즐겁게 해 주었다. 공부가 끝나면 우리는 곧바로 꽁꽁 얼어붙은 강으로 달려가서 날이 어두워질 때까지 팽이를 돌렸다. 그리고 집에서는 팽이며, 대나무 피리며, 대나무 잣대며, 담배 상자며, 재떨이를 만들었다.

한 해가 바뀌는 날이 다가왔다. 그해에 가장 큰 가족 명절이었다.

한밤중에 조상님에게 제물이 올려지면 제사가 시작되었다. 아이들은 안방으로 불려가 아주 맛있는 음식과 과일을 대접받았고, 원하는 만큼 오랫동안 그곳에서 머물 수 있었다.

다음 날 아침, 제일 좋은 옷으로 단장한 우리들은 친척 집들과 친한 이웃집으로 세배를 하러 갔다. 지독히도 추운 날이었다. 길은 꽁꽁 얼어서 거울처럼 반짝거렸고, 살을 에는 찬바람이 불어왔다. 그래도 우리는 이집 저집을 신나게 뛰어다니며, 암기해 두었던 덕담을 건넸다. 어디를 가든 정다운 말로 환대를 받았고, 과자와 과일을 대접받았다. 덕담을 듣고, 맛있는 음식을 먹는 이 명절을 우리는 얼마나 좋아했던지!

할머니부터 구월이까지 집안사람들 모두 제일 멋진 옷으로 차려입었다. 얼굴을 찡그리는 사람도 없었고, 듣기 싫은 말을 하는 사람도 없었다. 나더러 온종일 아무것도 하지 않는 놈이라고 핀잔을 주었던 우리 집 마름 수옥도 오늘 만큼은 아주 상냥했다. 그는 내가 바른 사람이 될 거라고 했다.

모든 사람들이 우리와 재미난 이야기를 나누었고 우리에게 선물도 주었다.

늦은 밤, 잠자리에 들려고 할 때였다. 일 년 전부터 수암과 나는 한방에서 잠을 잤다.

나는 앞으로 보름 동안 서당에 가지 않아도 된다는 생각이 번쩍 들었다.

"세상에 이렇게 좋을 수가!"

나는 혼잣말로 중얼거렸다. 수암은 벌써 코를 골고 있었다.

아이들의 뒤를 이어 어른들이 새해 인사를 오셨다. 수많은 방문객과 여자아이들, 아녀자들, 청년들과 노인들이 우리 집을 찾아왔다. 집 안은 온통 행복과 웃음으로 가득 찼다. 명절은 다음 날까지도 계속되었다.

명절 분위기에 빠져 시간 가는 줄도 모르고 지내는 동안, 수암은 저녁녘에 슬그머니 집을 빠져나갔다가 밤이 늦어서야 돌아왔다.

사내아이들의 신년 싸움이 더 이상 그를 가만히 내버려 두지 않았다. 수암의 옷에는 발자국과, 사람들이 눈치채지 못하도록 닦아낸 코피 자국이 역력했다. 한번은 그가 실컷 얻어맞은 채로 집에 돌아왔다. 양쪽 옷소매는 반쯤 찢겨 있었고, 머리에는 온통 혹이 나 있었다. 수암은 운이 없어 적군에 붙잡히게 되었는데, 세 명의 아이들로부터 흠씬 두들겨 맞고 있을 때 친구가 그를 풀어 줬다고 내게 말했다. 이 일 탓인지 수암은 싸움의 의지를 상실한 것 같았다. 싸움이 점점 격렬해지면서 며칠 내로 곧 결판이 날 상황인데도, 수암은 그날 저녁 이후로 줄곧 집에서만 지냈다.

그 대신 우리 세 사람 사이에서 결판을 내야 하는 집안싸움이 새롭게 시작되었다. 이번 싸움은 다른 사람도 아닌 아버지가 부추기셨다.

어느 날 저녁, 찾아오는 손님이 없자 아버지는 우리를 불러다 놓고 아주 색다른 놀이를 제안하셨다. 빳빳한 화선지 위에는 가장 높은 벼슬에서부터 말단 벼슬에 이르는 모든 관직 명칭이 적혀 있었다. 가장 낮은 단계부터 시작해서, 맨 처음 판서의 관직에 도달하는 사람이 이 놀이에서 이기는 방식이었다. 아버지는 책을 한 권 가져와서 아무 데나 펼치셨다. 그럴 때마다 그 페이지의 첫 번째 글자를 운(韻)으로 선택하여, 우리들 중에서 누구든 그 글자로 끝나는 옛 시인의 시를 낭송하는 사람이 자신의 길을 시작할 수 있었다.

칠성에게 제시된 첫 운은 '군(君)'이었다. 그러나 칠성은 그 운으로 끝나는 시를 알지 못했기 때문에 한참을 묵묵히 있었다. 그러자 수암의 차례가 되었다. 그의 운은 '춘(春)'이었다. 그것은 흔한 운이어서 우리 둘은 운 좋은 수암을 부러워했다. 그는 더듬더듬 읊어 나갔다.

"길가에 둥지를 튼 봄(春)."

"잘했다!"

아버지는 수암을 문관의 지위에 진급시켰다. 그것은 수암에게 큰 성과였지만, 애석하게도 처음이자 마지막이었다. 그는 더 이상 진급을 하지 못했다. 행운의 운을 더 이상 만날 수 없었기 때문이었다. 수암은 여태 딱 한 권의 시집 말고는 읽은 것이 없었고, 그것마저도 완전히 암기하지 못했다. 칠성과 나는 금방 진급을 마쳤다. 칠성은 세 번째 직위까지, 그리고 나는 네 번째 직위까지 진급했다. 놀이의 승자는 없었다.

며칠 뒤, 이번에는 시인의 시를 가지고 싸우는 것이 아니라 주사위 던지는 기술로 다시 겨루었다. 칠성이 이렇게 하는 것이 훨씬 간단하다고 생각했다. 우리는 모든 관리가 되어 보았고, 계속해서 진급했다. 그러나 놀이는 반 시간도 채 못 되어 끝이 났다. 놀이를 할 때마다 우리는 매번 돈을 걸었다. 그러나 이런 놀이 방식 자체를 마땅치 않게 생각하시던 아버지께서 우리를 또 부추기셨다. 아버지는 관리들의 지위와 권력에 대해, 그리고 실제로 어떻게 해야 그 자리에 오를 수 있는지에 대한 흥미진진한 이야기를 들려주셨다.

지난해, 우리는 고을 목사의 취임식을 함께 구경했던 적이 있었다. 수암은 그날 이후로 목사의 지위에 대해 관심을 보였다. 이 권력가는 10여 리 마을 밖에서부터 관리들의 환영을 받았다. 그는 장차 자신이 다스리게 될 이 고을에서 첫 식사를 한 뒤, 말을 타고 마을 안으로 들어왔다. 우리는 구월이와 함께 집 앞에 늘어서 있는 사람들 무리 속에 끼어 있었다. 멀리서부터 장엄한 음악이 울려왔고, 기마 행렬이 마을의 남문을 통과해 들어오고 있는 것이 보였다. 첫 번째 대열에서 다섯 쌍의 악대가 갈색 말을 타고 나타났고, 그 뒤로 비단으로 치장한 40여 명의 기녀들과 격식 있는 검은색 관복을 입은 열 쌍의 고위 관리들이 뒤따랐다. 당시 스물세 개의 현으로 나뉘어 있던 우리 고을의 현감들이었다. 그러고 나서 목사가 아름다운 미소년 둘을 시종으로 거느린 채 말을 타고 나타났다. 그가 탄 말은 자신의 머리처럼 하앴다. 그는 눈처럼 하얀 장식깃털이 나부끼는 원통형의 갓을 쓰고 있었다. 그것은 호박 장식으로 만들어진 끈으로 목사의 턱 아래에 단단히 묶여 고정되어 있었다. 수많은 관노비들이 이 목사

뒤를 따랐다. 어린 수암에게 이 위대한 남자는 아주 강한 인상을 주었다.

수암과는 다르게 나는 '어사'라고 하는 관리를 무척 존경했다. 어사는 임금의 신하들이 그의 책무를 잘 수행하고 있는지 아닌지, 혹은 백성들을 부당하게 다스리고 있는 것은 아닌지를 살피기 위해 전국을 순회했다. 그는 임금을 직접 알현하여 최고위직 관리를 파면시킬 수도 있었고, 최하급 관리를 승진시킬 수도 있었다. 어사는 거지로 변장해서 나라를 돌아다녔기 때문에 이렇게 힘이 센 자가 바로 옆에 있어도 아무도 알아채지 못했다. 우리는 이런 어사에 대한 이야기를 셀 수도 없이 많이 들었다. 그는 가난한 백성들에게 돈과 쌀을 가져다주기도 하고, 죄 없이 감옥에 갇힌 사람들을 풀어 주기도 했다. 겉으로는 거지처럼 보이지만, 실제로는 수백 명의 군졸들이 비밀리에 그 뒤를 따르는, 누구와도 비교할 수 없이 강한 힘을 가진 어사. 나는 이와 같은 남자가 되고 싶었다.

나는 이 놀이에서 바로 그 어사 자리에 앉아 주사위 여섯 점을 얻었고, 두 사촌은 여섯 점을 던질 수 없었기에 각자의 지위에서 추방되었다. 나는 혼자 판서로 승진하여 추적자들을 기다렸다. 경쟁자가 없으니 두려울 것이 없었다. 그러나 추방된 사촌들은 또다시 연거푸 추방되자 자존심이 상했는지 심하게 화를

냈다. 수암이 특히 여러 번 추방되었는데, 이상하게도 칠성이가
자기를 추방하면 더 심하게 날뛰고 화를 냈다. 그의 분노는 점차
사사로운 감정으로 변해 갔고, 우리는 거의 매일 밤, 불만 가득
한 마음으로 잠자리에 들곤 했다. 더욱이 수암은 계속 돈을 잃어
서 설날에 모아 두었던 세뱃돈이 한 푼도 남지 않게 되었다. 물
론 나도 돈을 잃었다. 칠성이가 돈을 깡그리 따 버렸던 것이다.
수암과 칠성은 애당초부터 친해질 수 없었다. 한 사람은 너무 과
격했고, 또 다른 한 사람은 너무 얌전했기 때문이었다.

칠성은 종종 수암으로부터 샌님이라고 놀림을 받았다. 그도
그럴 것이 칠성은 정말 너무 깔끔했다! 그가 옷을 입은 지 한 달
이 지나도 그것을 알아차리는 사람이 아무도 없었다.

반면에 수암의 옷은 사흘이 멀다 하고 더러워졌다. 그러니 사
촌 칠성은 우리에겐 눈엣가시였다.

이미 꽤 오랫동안 먹구름이 공기를 떠다니고 있어서 아주
작은 불씨에서조차도 서로 으르렁댔다. 주사위 놀이가 바로 그
랬다. 방학이 끝날 무렵, 나는 돈을 거의 잃었다. 마침내 내 마지
막 동전을 걸고 우리는 내기를 했다. 때마침 아버지는 집에 안
계셨다.

칠성이 나를 추방했다. 나는 자리가 뒤로 밀려났다. 그리고 또
추방되고, 또다시 뒤로 밀려났다. 오래전에 이미 돈을 몽땅 잃은

수암은 우리가 노는 것을 그저 구경만 하고 있었다. 칠성이 나를 한 번 더 추방하기 위해 주사위를 높이 던졌을 때였다. 주사위가 땅에 떨어지기도 전에 수암이 칠성에게 달려들어 잽싸게 그의 머리채를 움켜잡았다. 둘은 이쪽 귀퉁이에서 저쪽 귀퉁이로 뒹굴었다. 나는 조금은 수암의 편을 들었다. 아, 모범생이 드디어 코피를 흘리고, 저고리가 찢긴 것을 보고 얼마나 기분이 좋았던지!

우리가 함께 했던 시간이 그렇게 끝나가고 있었다.

곧바로 벌이 뒤따랐다. 그런데 그 벌이 공평치가 않았다. 나는 당연히 칠성이가 제일 큰 벌을 받아야 한다고 생각했다. 그가 돈을 몽땅 따 버려서 싸움이 벌어진 것이기 때문이었다. 물론 수암이 칠성을 세게 때렸으니 그다음으로 벌을 받아야 했다.

그런데 정반대였다. 칠성이 무죄판결을 받고, 아무렇지 않게 사랑방을 빠져나갔다.

수암은 종아리를 세 대 맞았지만, 울지 않고 순순히 판결을 받아들였다.

"자, 이젠 네 차례다!"

재판관인 아버지가 말씀하셨다.

그러나 나는 다리를 걷어 올리지 않았다. 도무지 이해할 수 없었기 때문이었다.

어째서 칠성이 무죄일 수 있단 말인가? 왜 우리 둘만 벌을 받아야 하지?

그러자 수암이 내 옆구리를 쿡 찌르며 종아리를 걷어 올리라고 했다. 그렇게 머뭇거리고 있을 때, 아버지가 느닷없이 나를 때리셨다. 저항을 해도 소용없었다. 아버지가 어찌나 힘세게 꽉 붙잡고 계셨는지 나는 도저히 빠져나올 수가 없었다. 세 차례 매를 맞고 나서 나는 몸을 돌려, 칠성도 자기가 한 것에 대해서는 벌을 받아야 한다고 항의했다.

그때 나는 또 한 대를 맞았다. 그런데 이번에는 정강이뼈를 맞아 몹시 아팠다. 나는 소리를 질렀다. 그때 수암이 와서, 아버지의 손에서 회초리를 빼앗으려고 했다. 그러나 그는 엉덩이를 한 차례 세게 얻어맞고는 신음 소리를 내며 뒤로 물러났다. 나는 여러 대를 더 맞았다. 적어도 열 대는 맞았던 것 같다. 그리고 나서 아버지가 내게 말씀하셨다.

"자, 이제 네 몫의 벌은 다 받았다!"

그러나 나는 자리를 떠나지 않았다.

"더 때리세요!"

내가 반항하며 말했다.

"뭐라고?"

아버지는 버럭 소리를 지르시며, 또다시 나를 때리셨다. 그때 수암이 다시 뛰어들어 격렬하게 실랑이를 벌이더니, 마침내 아버지의 손에서 회초리를 빼앗아 달아났다.

나는 억지로 방에서 쫓겨났다.

"이젠 가든 말든 네 맘대로 해라. 이런 고집불통!"

대원 어머니

그해 봄, 칠성은 그의 어머니와 함께 우리 집을 떠났다. 그들은 우리 집 근처 골목에 있는 작은 집으로 이사를 했다. 칠성의 어머니가 살림집을 늘려 이사를 간 것인지, 아니면 우리들이 싸워서 더 이상 한 지붕 아래 살 수 없게 되어서 그렇게 된 것인지 알 수는 없었다. 여하튼 서로 떨어져 지내게 된 것은 잘된 일이었다. 다시 보게 되었을 때, 우리는 더 이상 싸우지 않았다. 수암과 나는 나이 많은 형을 때렸다는 것이 창피스럽기까지 했다. 물론 칠성이 부추기긴 했지만, 전적으로 그의 책임이라고는 할 수 없었다.

그 일이 있고 나서, 매우 특별한 손님이 우리 집을 방문했다.

아주 멀리 떨어진 어느 마을에서 온 노부인이었다. 노부인은 나를 그녀의 작고 어린 아들이라고 부르셨다. 어머니도 나더러 그녀를 '어머니'라고 부르라고 하셨다. 비록 그녀가 나를 낳지는 않았지만, 가문을 이어 갈 아들을 낳게 해 달라고 어머니를 대신하여 빌어 주셨다고 했다. 그녀의 기도 덕분에 내가 세상에 나온 것이라고 하셨다. 노부인은 아이를 원하는 여자들을 위해 대신 기도를 해 주는 분이었다. 그래서 점술 책과 울긋불긋한 부채를 들고 이집 저집 다니며 사람들에게 미래를 예언해 주는 사람과는 달랐고, 노래와 춤으로 신령을 불러들이는 무당으로 착각해서도 안 되었다. 대원 어머니는 지위가 아주 높아서 사소한 일 따위에는 관여하지 않으셨다. 다만 하느님에게만 치성을 드리셨고, 부처나 그의 제자에게 신탁하는 기도만을 하셨다.

어머니는 이 노부인에 대한 이야기를 전해 듣고 먼 길도 마다하지 않고 찾아가서, 자신을 대신하여 치성을 드려 달라고 간청하셨다. 어머니는 아들을 낳아 보지도 못한 채로 늙게 될까 봐 크게 걱정하고 있었기 때문이었다. 그때 치성을 드리는 것도 모자라 노부인은 어머니와 함께 집으로 와서, 49일 동안 미륵불에게 기도해 주셨다. 그래서 이후 내가 미륵이라 불리게 되었다고 했다.

노부인이 집에 오신 지 며칠이 지난 어느 날 저녁, 나는 두 어머니를 따라 숲으로 갔다. 거기에 있는 미륵불 석상 앞에서 감사 기도를 올리기로 했던 것이다. 우리 마을에서 제법 멀리 떨어진 깊은 산골짜기에 작은 암자가 하나 있었다. 그곳에는 돌로 만든 실물 크기의 미륵불상이 있었다. 노부인은 근처에 있는 마을에서 열쇠를 가져와 문을 열고, 초에 불을 붙이셨다.

그러는 사이에 날이 어둑어둑해지고 있었다. 잔뜩 겁을 먹은 나는 두 어머니 사이에 서서, 촛불 속에서 밝게 빛나고 있는 석상을 바라보았다. 석불의 모습은 온화하고 평화로웠다. 미륵불은 두 눈을 내리감고 있었다. 석불의 두 귀는 아주 길었다. 그리고 양팔은 몸에 바짝 붙어 있었다. 두 손은 깍지를 끼고 있었고, 두 다리는 발 아래까지 꼭 붙어 있어서 단지 윤곽만으로 서로 분리되어 있는 것이 보일 뿐이었다. 노부인은 성스러운 석상 앞에 서서, 세 번 접어 둔 종이에 불을 붙이고 기도를 하셨다. 나는 대원 어머니가 뭐라고 중얼거리시는지 도무지 알아들을 수 없었다. 어두운 숲속에서 하얗게 빛나는 성인을 보면서, 내가 이 세상에 존재하는 것이 그분의 호의적인 중개 덕분이라는 사실에 깊이 감동하고 있었기 때문이었다. 기도를 마친 후 암자의 문을 다시 잠그고 집으로 돌아올 때, 나는 내게 세상살이의 길을 열어 준 대원 어머니께 큰 고마움을 느꼈다. 그녀의 기도가 없었더라면 수암도, 구월이도, 누이들도 없는 다른 어떤 곳에 태어났을 것이다. 나는 그녀의 손을 더 꽉 쥐었다. 그러자 대원 어머니가 말씀하셨다.

"내 아가, 내 귀여운 아가."

대원 어머니는 지나치게 많은 선물을 주셨다. 시내에 갈 때마다 그녀는 뭐가 갖고 싶은지를 내게 물으셨고, 그때마다 나는 원하는 모든 것을 받았다. 한번은 커다란 거북이 한 마리를 갖다주셨는데, 나는 그것에 완전히 매료되었다. 한 번도 본 적이 없는 동물이었다. 거북이의 등은 마치 아름답게 조각된 먹 상자 같았고, 배에는 아주 선명하게 왕(王)자가 새겨져 있어서 경외심마저 일었다.

그 전에 내게는 이제 막 잘 길들여진 네 발 달린 친구, 작고 귀여운 다람쥐가 있었다. 매일 저녁 서당에서 돌아오면 다람쥐는 내 얼굴이며 목덜미로 뛰어 올라와, 땅콩이나 밤을 줄 때까지 옷소매 속에서 팔짝팔짝 뛰어놀았다. 나는 대원 어머니께 다람쥐 이야기를 들려드렸고, 그 다람쥐가 달아나 버렸다고 하소연했다. 그래서 그러셨는지 그녀는 다람쥐를 대신해 거북이 한 마리를 내게 선물하셨다.

그러나 이따금씩 거북의 등을 조심스럽게 쓰다듬어 주는 것 말고는 우리가 거북이와 같이 할 수 있는 것은 아무것도 없었다. 거북은 다람쥐와는 아주 달랐다. 그것은 뛰지도 않고, 소리를 내지도 않았다. 그저 느릿느릿 대청마루 주위를 맴돌거나, 아니면 어느 한곳에 오랫동안 가만히 앉아 있기만 했다. 거북은 아주 위엄 있는 군주다워 보이기도 하고, 뭔가 깊은 생각에 잠겨 있는 것처럼 보이기도 했다. 대원 어머니는 거북이가 인간의 운명을 곰곰이 생각하고 있는 것이며, 행복과 불행을 예언해 준다고 하셨다. 운명과 행불행을 알려면 등을 완전히 수평이 되도록 몸을 구부리고 거북을 그 등 위에 올려놓은 다음, 그것이 기어 내려올 때까지 기다리면 된다고 했다. 거북이 오른쪽으로 내려오면 행운을, 왼쪽으로 내려오면 불행을 뜻한다고 했다.

수암과 나는 매일 아침 한 차례씩 바닥에 몸을 구부리고, 거북이 오랜 생각 뒤에 아래로 기어 내려오길 기다렸다. 그것이 왼쪽으로 기어 내려올 때면 나는 왠지 마음이 편치 않았다. 그럴 때면 수암은 내게 등의 왼쪽을 약간 높이 올려 거북이가 오른쪽으로만 내려오게 하면 된다고 했다. 거북은 예언을 들려주고 나서야 우리에게서 풀려나 안뜰이며, 샘뜰로 혼자 유유히 돌아다닐 수 있었다. 거북은 우리가 가져다주는 오이나 참외만 먹었다. 이 신기한 동물은 자기가 자라는 남쪽 나라에서는 아침 해가 뜰 때 자기 입술에 맺힌 이슬만 먹고 산다고 했다.

한여름이 되었다. 대원 어머니는 우리 집을 떠나셨다. 우리는 무더위 때문에 오전 수업만 했다. 그래서 오후에는 시내로 가서 질리도록 먹을 감았다. 이젠 제법 헤엄을 잘 쳐서 사오 미터 깊이 물에도 들어갈 수 있게 되었다. 수정처럼 맑은 시냇물은 몹시 깊은데도 바위와 모래가 깔린 땅바닥이 선명한 비취색으로 비쳤다. 우리는 개구리처럼 헤엄치기도 하고, 바닥까지 자맥질을 하기도 하고, 소용돌이에 등을 대고 누워 몸이 절로 둥둥 뜨게 하기도 했다. 바위에 누워, 두 눈을 감고 재잘대는 물소리를 듣는 것도 아주 좋았다.

수암과 나는 매번 거북을 시내에 데리고 와서 자유롭게 헤엄치며 돌아다니게 했다. 우리는 오고 가는 길에 거북이 뜨거운 햇볕에 노출되지 않도록 커다란 호박잎으로 감싸 주었다.

딱 한 번 거북을 데려가는 것을 깜빡 잊었다. 그런데 바로 그날, 사고가 일어났던 것이다. 혼자 남겨진 거북은 물이 몹시 그리웠던지 어디론가 가 버리고 없었다. 저녁에 집으로 돌아와 먹이를 주려는데 어디에서도 거북을 찾을 수 없었다. 집 안을 온통 뒤지며 뛰어다녔다. 식구들이 모두 거북 찾는 일을 거들었다. 날이 점점 저물어 갔다. 호박꽃이 하얗게 빛나고, 박쥐들이 획획 공중을 날아다녔다. 그런데 거북은 보이지 않았다. 사람들은 촛불과 호롱불을 들고 방이며, 곳간이며, 뜰에 있는 웅덩이를 샅샅이 뒤졌다. 이윽고, 우리가 그렇게 찾아다녔던 거북을 구월이가 가마솥에서 찾아냈다. 그런데 거북이 움직이질 않았다. 여느 때처럼 거북을 땅바닥에 내려놓아 보았지만, 그대로 있었다. 죽은 것이었다.

이튿날, 수암은 뒤뜰에서 거북을 묻어 줄 수 있는 작은 언덕을 만들기 위해 삽으로 땅을 팠다. 그 당시 한국에서는 집안마다 산을 갖고 있었고, 그곳에 가족묘를 썼기 때문에 평지에는 무덤이 없었다. 그래서 우리는 거북을 산에다가 묻어 주고 싶었다. 수암은 1미터 높이의 언덕이 될 때까지 오후 내내 삽질을 했다. 나는 거북을 무덤으로 옮기기 위해 굵은 나뭇가지 두 개와 새끼줄로 들것을 만들었다. 거북은 움직이지 않고 하루 종일 거기에 누워 있었다. 우리는 죽은 영혼의 안식을 위해 산신령과 놀이 친구에게 술을 대신하여 물을 한 잔 바쳤다. 그리고 해가 떨어지자 죽은 거북을 땅에 묻었다. 호박 크기만 한 무덤이 만들어졌을 때, 우리 둘은 정말 슬펐다.

거북은 수천 살이 되도록 오래 산다고들 했다. 기적의 동물이 우리 집에서 죽었다는 것은 불길한 징조를 암시하는 것이 분명했다.

아버지

그로부터 몇 달 뒤, 아버지가 병에 걸리셨다. 아버지는 여행 중이셨다. 그러나 며칠이 안 되어 다시 집으로 돌아오셔야 했다. 온 집안이 큰 혼란에 빠졌다. 나는 아버지가 무슨 병에 걸리셨는지는 알지 못했다. 미동도 없이 방에 누워 계신 아버지 모습을 나는 그저 바라보기만 했다. 아버지는 두 눈을 감고 계셨고, 아무 말도 하지 않으셨다. 어머니와 할머니, 작은어머니가 아버지를 둘러싸고 앉아 계셨다. 여러 의원들이 다녀갔지만, 아무도 병을 치료하지 못했다. 그날 밤을 꼬박 지내고 다음 날 오전이 되도록 아버지는 그대로 누워 있기만 하셨다. 주무시고 계신 것은 분명 아니었다. 어머니가 약을 드시라고 아버지를 부르면 알아들으셨기 때문이었다. 오후가 되었을 때, 사람들은 아버지가 살아날 것이라는 희망을 포기해야 했다. 어머니가 혼절하여 안방으로 옮겨지셨다. 집 안이 죽은 듯이 조용해졌다. 여자들은 모두 사랑방에 모여 있었고, 남자들은 그 앞 대청마루에 모여 있었다. 아무도 말을 하는 사람이 없었다. 다만 작은어머니가 약을 삼키지 못하는 아버지의 입에 약을 흘려 넣으려고 안간힘을 쓰고 계실 뿐이었다. 안방에 누워 계셨던 어머니가 다시 정신을 차리시더니 말없이 내 손을 꼭 잡으셨다. 때마침 할머니가 방으로 들어오셨다. 어머니는 할머니께 "모두 끝났어요, 어머니!"라고 말씀하셨다. 그러나 할머니는 어머니의 말을 듣지 않으셨다. 앉아서 혼잣말로 뭐라고 중얼거리고 계셨다.

그때 둘째 누이 어진이 들어와, 아침에 심부름꾼이 모시러 갔던 의원이 방금 도착했다고 말했다. 수암과 나는 곧장 사랑채로 달려갔다. 새로 온 의원은 평판이 좋아서 찾는 환자들이 많았다. 그는 환자를 치료하기 위해 몇 주 전부터 우리 고을에 머물러 있다가 막 자기 고향으로 돌아가려던 참이었다. 그가 우리 집에 오게 된 것은 순전히 심부름꾼이 집요하게 매달린 덕분이었다. 의원은 환자를 잠깐 살펴보고는 작은어머니께 말했다.

"희망이 없습니다. 그만 포기하는 게 좋겠습니다."

"제발 최후의 시술이라도 해 주세요!"

작은어머니가 귓속말로 의원에게 말씀하셨다. 숙모의 얼굴은 환자보다도 창백했다. 작은어머니는 그 낯선 사내의 옷소매를 부여잡고 그가 방을 나가지 못하게 막았다.

　"원한다면 뭐든 해 드리지요."

　의원은 다시 자리에 앉아 맥을 짚고 난 다음, 환자의 몸 전체를 검진했다.

　"좋습니다. 최선을 다해 보지요. 만약 성공 못 하더라도 나를 책망하지는 마세요."

　그는 가방에서 작은 상자를 꺼내더니 거기에서 기다란 침 하나를 꺼내 들었다. 그것으로 처음에는 환자의 윗입술에, 다음에는 아랫입술에 가만히 침을 놓았다. 그러고는 늑골 바로 아래 깊숙이, 위가 있는 데까지 침을 쿡 찔러 넣었다. 의원은 그것을 아주 잠깐 꽂아 두었다가 다시 천천히 뽑아냈다.

　"만약 환자가 살아나게 된다면 오늘 저녁까지 징후가 나타나게 될 겁니다."

　의원은 방을 나갔다.

　저녁이 되었다. 식구들은 아버지가 더 이상 나빠지시지 않는 것만으로도 좋은 징후라고 여기고 다시 희망을 품었다. 아버지는 오전처럼 그대로 누워 계셨다.

　날이 저물 무렵이었다. 아버지가 손을 움직여 내 두 손을 어루만지셨다. 우리는 잔뜩 긴장한 채로 그 움직임 하나하나를 주시했다. 작은어머니가 아버지의 손과 팔을 가만히 쓰다듬으셨다. 그때, 아버지가 두 눈을 뜨고는 주위를 둘러보셨다. 안도의 한숨이 온 방안에 퍼졌다. 아버지는 다시 눈을 감고 왼쪽으로 몸을 돌려 누우셨다. 그래서 더는 얼굴을 볼 수 없었다. 아버지는 이내 잠이 드셨다. 그러고는 건강한 사람처럼 숨을 쉬셨다.

"살아나셨어요!"

작은어머니는 어쩔 줄 몰라 하며 눈물을 흘리셨다. 몸을 일으킬 기력조차 남아 있지 않은 숙모를 사람들이 부축해 방으로 모시고 갔다. 그사이 소식을 전해 들으신 어머니가 사랑채로 달려오셨다. 아버지가 회복된 것이 도무지 믿기지 않는 듯하셨다. 어머니는 온몸을 떠셨고, 얼굴이 몹시 창백했다. 그러다 점차 안정을 되찾게 되었고, 우리 모두를 방 밖으로 보내서 의사에게 음식을 가져다주라고 시키셨다. 그러고는 수암과 나더러는 잠자리에 들라고 하셨다. 우리는 곧바로 곯아떨어졌다.

한밤중 잠에서 깨어난 나는 사랑채로 달려갔다. 아버지가 자리에 앉아서 어머니와 이야기를 나누고 계셨다. 나는 아버지께 달려들어 그의 무릎에 앉았다. 어머니가 나를 끌어내실 때까지 나는 그대로 있었다. 나는 아버지가 정말로 살아 계신지 확인하기 위해 보고 또 보았다. 부모님이 나지막한 목소리로 놀라운 기적을 가져다준 의원에 대해 이야기를 나누시는 동안, 나는 아버지의 이부자리 옆에 누워 다시 잠이 들었다.

정말 그 의원은 기적의 의원이었다! 나중에 들은 이야기인데, 그 의원은 우리 고을뿐 아니라 전국에 있는 수많은 환자들에게 새로운 생명을 주었다고 했다. 고향으로 돌아갔을 때는 심지어 막 무덤으로 옮겨 가던 어떤 사람을 소생시키기도 했다고 했다. 그런데 그는 너무 많은 돈을 요구했기 때문에 가난한 사람들은 그를 청할 수도 없었다고 했다. 그의 이런 그릇된 행동이 결국에는 자기 목숨을 그 대가로 지불하게 했다고도 했다. 그가 어느 부잣집 환자를 돌보고 집으로 돌아갈 때, 수백 파운드 무게의 돌덩이가 그를 덮쳤던 것이다. 성벽 아래에서 완전히 부서진 채로 누워 있는 그를 사람들이 발견했는데, 누가 한 짓인지 아무도 알지 못했다. 다만 사람들은 그의 무거운 돈 자루가 그 돌덩이로 변한 것이라고들 했다.

더디긴 했지만 아버지는 회복해 가셨다. 가을과 겨울 내내 아버지는 극진한 간호를 받으셨다. 그러나 통풍의 고통 탓에 여태까지 짊어지고 왔던 모든 일을 내려놓으셔야 했다. 아버지는 집과 바깥세상 사이에 분명한 선을 그으셨다. 아버지의 모든 사회적인 책무가 중단되었고, 아버지와 가장 친분 있는 사람들만 집을 찾아왔다. 처음에는 의원이 말하기도 하고, 가족들이 간청하기도 해서 마지못해 따르셨지만, 이제는 아버지 스스로도 쉬어야만 한다는 것을 점차 감지하는 듯하셨다. 아버지는 점점 더 주변 세계에서 물러나셨다. 그리고 마침내 집안일에서 완전히 손을 떼셨다. 서당도 문을 닫게 되었기 때문에, 아이들은 기약 없는 작별 인사를 나눈 후 각자의 집으로 떠났다. 바깥뜰은 다시 조용해졌다. 젊은 서기 순필과 늙은 하인 방씨, 그리고 마름인 순옥만이 그곳에 거처했다.

그로부터 얼마 후 종친 회의가 열렸다. 수암을 어떻게 할 것인가에 대한 회의였다. 사람들은 수암이 한문을 익히기 위해서는 계속 서당에 다녀야 한다고 결정했다. 그래서 수암은 작은어머니와 함께 시골로 이사를 가야 했다. 그는 그 마을 서당에서 훌륭한 한문 수업을 받기로 되어 있었다. 거기에서 작은어머니는 지금껏 아버지 소유로 관리되던 토지를 경영하는 일을 맡으셨다. 그리하여 어린 시절 내내 함께 보냈던 우리는 첫 이별을 하게 되고 말았다. 나는 우리 고을에서 한 시간 넘게 떨어져 있는 용지 만까지 수암을 바래다주었다. 거기서부터 그는 바위가 많고 깊은 해협을 작은 배를 타고 지나 다른 쪽 해안으로 건너가야 했다. 수암은 그의 어머니와 둘째 누이의 사이에 앉아서 조금은 겁먹은 듯 우리 쪽을 바라다보았다. 그러는 동안 배는 돛을 올리고, 일렁이는 파도 위로 흔들흔들 멀어져 갔다.

그렇게 식구들이 줄어든 후에도 우리의 생활은 예전대로 계속되었다. 그러나 아버지의 생활에는 큰 변화가 일어나고 있었다. 아버지는 집 안에서 불교의 경전과 염불을 외기 시작하셨다.

　매일 저녁, 아버지는 여러 시간 동안 기도를 하면서 보내셨다. 비가 오고, 바람이 불고, 손님이 오고, 집안에 우환이 생겨도 기도하는 것을 멈추지 않으셨다. 아버지는 기도를 범어로 하셔서 나는 한마디도 알아들을 수 없었다. 나는 그저 모든 말들이 장차 아버지의 생명을 연장시키는 데 매우 중요한 역할을 하리라고 짐작만 해 볼 뿐이었다. 어머니는 온 정성으로 불교의 가르침을 믿었기 때문에 아버지가 기도하는 것을 내심 좋아하셨다.

　여름이 되자, 어머니는 아버지께 불공을 드리러 신광사에 가자고 제안하셨다. 그리고 제사와 제물에 대해 상의하기 위해 신광사의 스님 한 분을 집으로 모시기도 했다. 그러나 그 계획은 실행되지 못했고 다음 해 여름으로 미루어졌다. 나는 무척 서운했다.

　비록 우리 마을은 산으로 둘러쳐진 작은 마을이었지만, 곳곳에 절과 암자 들이 아주 많이 있었다. 그런데 나는 한 번도 절을 구경해 본 적이 없었다. 그때까지만 해도 우리 집은 부처님께 제물을 바친 적도 없었고, 절에서 큰 제를 올린 적도 없었기 때문이었다. 간혹 시주승들이 찾아와 문 앞에서 염불하기는 했지만, 그들은 속세 사람들의 신앙심을 깊게 만드는 일에는 관여할 수 없었다. 단지 일 년에 한 번, 부처님이 19년 동안 명상을 한 뒤 첫 번째 세욕을 마치고 설법을 시작했던 사월 초파일에 우리 마을에서는 불교 의식이 거행되었다. 대로변에 있는 모든 집 앞에는 그 집보다도 서너 배는 더 키가 큰 나무 한 그루가 세워져 있었는데, 초파일에는 나뭇가지 위를 온갖 색깔의 천들로 동여매어 장식하고 수없이 많은 색색의 끈들을 지붕과 땅 위로 길게 늘어뜨렸다. 저녁에는 끈과 줄에 등을 매달아, 이 길을 걸으면 수백만 개의 찬란한 꽃들이 가득 찬 정원을 가로질러 산책하는 것 같은 느낌이 들곤 했다.

나는 특히 부모님이 말씀하시곤 했던 신광사라는 절을 꼭 보고 싶었다.

그러던 어느 화창한 날 오전 무렵이었다. 나는 신광사로 놀러간다는 두 아이를 별생각 없이 따라나섰다. 아침 산책 후 집으로 돌아가는 도중에 서문 안에서 옛 서당 친구들을 만났던 것이다. 아이들에게 어디로 가느냐고 묻자, 그들은 아주 짧게 말했다.

"신광사!"

그 말을 듣는 순간, 심장이 두근거렸다. 나는 주저하지 않고 함께 가자는 그들의 권유를 받아들였다. 앞으로 닥쳐올 일에 대해서는 걱정도 없이 나는 씩씩하게 큰 걸음으로 그들을 따라갔다. 얼마나 신나는 소풍이었던가!

우리는 서둘러 마을을 벗어나서 수많은 관목들 사이를 지나 점점 더 산속 깊이 들어갔고, 마침내는 완전히 산에 갇혀 버리고 말았다. 햇볕이 뜨겁게 내리쬐었다. 우리는 땀범벅이 되었다. 그래도 쉬지 않고 계속 산을 올랐다. 마침내 저 멀리, 나무들로 둘러쳐진 절의 뜨락이 보였다. 회색 지붕이 나뭇잎들 사이사이로 희미하게 빛나고 있었다. '신광사'의 지붕들이었다.

절에 도착했을 때, 나는 비로소 커다란 두려움이 밀려오는 것을 느꼈다. 나무들이 땅 위로 길게 그림자를 드리우고, 해는 이미 서쪽으로 깊숙이 저물고 있었다. 나는 아이들에게 날이 늦었으니 당장이라도 서둘러 집으로 돌아가자고 했다. 그러나 그들은 어차피 너무 늦어 돌아갈 수 없으니, 오늘은 절에서 밤을 지내야 한다고 했다. 나는 부모님이 내가 어디로 갔는지를 모르고 계시기 때문에 무슨 일이 있어도 돌아가야만 한다고 마구 우겼지만, 소용없었다. 그들은 우선은 절이나 구경하자고 했다. 우리가 다투고 있는 사이에 해는 더 깊이깊이 잠겨 들고 있었다. 우리를 맞았던 행자가 밤에는 길이 너무 험해서 돌아갈 수 없다고 했다. 나는 어쩔 도리 없이 양보해야 했다. 그래서 산속에서 내 생애 처음으로, 수심에 가득 찬 밤을 보내야만 했다.

나는 수많은 불상들로 가득한 장엄한 법당을 제대로 구경하지도 못했다. 스님의 말씀도 듣는 둥 마는 둥, 스님이 가져다준 음식도 먹는 둥 마는 둥 했다. 나는 그저 저 산 너머에 있을 우리 마을 쪽을 바라다볼 뿐이었다. 그러나 그 어디에도 내가 보았음 직한 넓은 골짜기도, 바다도 보이지 않았다. 단지 깎아지는 봉우리들이 산을 빙 둘러 높이 솟아 있었고, 저녁 예불 종소리가 고즈넉하게 골짜기로 울려 퍼질 뿐이었다. 황금빛 가사를 걸친 스님들이 저녁 예불을 올리기 위해 법당으로 들어갔다. 그들은 모두 손에 염주를 휘감고 있었다. 벽을 따라 둥그렇게 놓여 있는 제단에는 수천 개의 촛불들이 법당 밖으로 빛을 비추고 있었다. 그곳에서는 스님들과 망자의 가족들이 죽은 자의 영혼을 위해 제를 올리고 있었다. 기도는 잠깐 멈추었다가, 다시 이어지며 새벽이 밝아 올 때까지 밤새도록 계속되었다. 그러고 나서 기도하던 사람들이 법당 앞뜰로 나갔다. 격식 있는 차림을 한 수많은 스님들과 상복을 입은 여인들이 천천히 원을 그리며 걸어갔다. 여인들은 양손에는 목판을 잡고 있었다. 그 위에는 보아하니 죽은 사람의 지방문으로 보이는 원통 모양으로 접힌 종이가 놓여 있었다.

어슴푸레한 새벽녘, 원 한가운데서 성스러운 장작불이 활활 타올랐다. 둔탁한 목탁 소리가 장엄하게 울렸고, 스님들은 화청과 염불을 합창했다. 망자의 혼이 저 세상으로 들어가기 위해서는 이 세상으로부터 풀려나야 했다. 목탁의 박자와 리드미컬한 찬불가에 매료된 우리 셋은 묵묵히 여인들의 뒤를 따랐다. 끊임없이 원을 따라 움직였다.

어느덧 아침이 밝았다. 사람들의 얼굴이 더 또렷해졌고, 골짜기는 청명해졌다. 기도는 더욱더 간절해지고, 원은 점점 더 빠르게 움직였다. 동쪽에서 붉은 햇덩이가 산 위로 솟아오르고, 아침의 첫 햇살이 우리에게 스며들어 왔다. 스님들이 계속 염불하는 동안 여인들은 한 사람씩 장작불이 있는 데로 다가가, 영혼의 지방문을 불길 속으로 던졌다. 여인들은 모두 흐느껴 울었다. 그것은 마지막 영원한 이별이었기 때문이었다. 우리도 덩달아 훌쩍였다.

목탁의 단조로운 리듬이 공허하고 처량하게 울려 퍼지고, 스님의 염불 소리는 잦아들지 않았다. 나는 이날 밤을 가슴 깊이 간직한 채 산과 작별하고 집으로 돌아왔다. 그리고 꾸지람과 벌을 받기는 했지만, 반항하지 않았다. 종교적인 체험은 내겐 큰 충격이었고, 하루 전날보다 훌쩍 자란 것 같은 느낌이 들었다. 아버지는 곧 나를 용서해 주셨다. 아버지는 내가 겪은 일을 전부 이야기해 보라고 하셨고, 내 이야기에 만족하셨는지 저녁부터 염불의 짧은 한 대목을 같이해도 좋다고 하셨다. 기도를 마친 후, 아버지는 유명한 시인들이 찾아와 노래를 부르곤 했던 양자강 계곡 여기저기 흩어져 있는 수많은 절과 암자에 대해 이야기해 주셨다. 나는 얼마 전 『당시선(唐詩選)』을 읽었던 터라, 아버지께 정말 듣고 싶었던 것은 책에 기록되어 있는 역사나 시가 아니라 진기한 동화와 전설, 혹은 당 왕조 때 있었던 이야기 같은 것들이었다. 그 시대에는 불운의 시인들도 많았고, 유배되었다가 그리움의 고통 탓에 흐르는 강물 속에서 죽음을 택해야 했던 사람들도 무수히 많았다. 비탄의 곡조가 바위에서도 울려 나오고, 고독한 협곡에 있는 나뭇잎들에서도 울려 나왔다. 동정호 너머 저녁 안개 속에는 슬픈 이별의 노래가 둥둥 떠다녔다.

달빛이 환하게 빛나는 저녁 무렵이면, 아버지는 사람을 시켜 샘뜰에 있는 복숭아나무 아래에 자리를 마련해 놓으라고 하셨다. 그러고 나면, 아버지의 이야기는 매우 시적으로 변했다. 이야기는 끝이 없었고, 이따금 그는 직접 시를 짓기도 하셨다. 엄격한 아버지의 모습은 이내 사라지고 없었다. 아버지는 운문을 성공적으로 지어내면 나와 농담을 나누기도 하고, 잔에 술을 가득 따라서 내게 마셔 보라며 권하기도 하셨다.

그날은 아름다운 달이 환하게 빛나는 저녁이었다. 때마침 어머니가 집에 계시지 않아 천만다행이었다. 어머니는 내가 아버지와 함께 술을 마시는 것을 절대 허락하지 않으셨을 것이기 때문이었다. 아버지는 독한 술을 즐겨 드셨지만, 어머니는 술에 대해서는 아주 적대적일 정도였다. 그 때문에 두 분 사이가 종종 서먹해지기도 했다. 그래도 어머니는 너그러운 편이셔서 저녁마다 동동주를 가득 담은 병을 아버지께 대접하시곤 했다. 아버지와 내가 함께 앉아 있을 때면 술병과 작은 술잔 두 개, 과일이 가득 담긴 쟁반이 놓인 작은 상 하나를 차리곤 하셨다. 어머니는 밤이 저물고 술병이 다 비워질 때까지, 오랫동안 우리 곁에 앉아 계셨다.

그런데 그 여름날 저녁, 어머니는 때마침 여자들끼리 강독(講讀)을 해야 했기 때문에 집에 계시지 않았다. 텅 빈 서당의 지붕 너머로 달이 솟아 있었다. 구름 한 점 없는 하늘에 달이 그 광채를 드러내고 있었다. 달은 두 개의 뜰 사이에 나 있는 담벼락에 또렷이 그림자를 던지고 있었다. 아무도 보이지 않았고, 인기척조차 없었다. 커다란 집에는 움직이는 것이라곤 아무것도 없었다. 너무도 진기하게 이야기를 들려주며, 미소를 짓고 계시던 아버지의 모습에서 나는 세상의 모든 생명과 지혜가 내게로 빛을 밝혀 주고 있다는 생각이 들었다. 밤이 깊어질수록 아버지는 더 많은 술을 드셨고, 아버지의 이야기는 더욱더 활기를 띠었다. 아버지는 수많은 시를 읊으셨고, 또 노래를 부르셨다.

"유명한 시인 김삿갓을 아느냐?"

아버지가 내게 물어보셨다.

"아니요."

나는 새로운 이야기에 대한 기대감에 잔뜩 부풀어 말했다.

"그 시인의 할아버지는 남쪽 지방의 높은 벼슬아치였단다. 그 당시 임금은 나라를 잘 다스리지 못했고, 그 때문에 백성들의 존경을 잃고 말았지. 그때 힘이 막강했던 남부 지방의 관리는 삼만 명의 군사를 거느리고 있었는데, 그들은 모두 명사수들이었단다. 관리는 왕을 무너뜨리려고 군사들과 함께 서울로 행군해 갔지. 삼도가 그들에게 포위되었고, 아무도 이들의 북진을 막지 못했단다. 그런데 관리가 막 정복한 마을로 군사들과 함께 입성하려 했을 때, 길에서 그를 기다리고 있던 한 남자를 만났단다. 그는 무장을 하지도 않았고, 두 손에는 아무것도 들려 있지 않았지. 그럼에도 불구하고, 그는 승리감에 가득찬 채 말 위에 올라타 있던 정복자를 당당하게 마주하고 서서, 그의 말고삐를 잡았단다."

아버지는 작은 술잔을 들여다보고는 냉큼 들이키셨다. 나는 다시 잔을 채우려고 했지만, 술병이 비어 있었다.

"더 없니?"

아버지께서 물으셨다.

내가 이렇게 말해도 될지 모르겠지만, 아버지는 그 때문에 뭐라고 할까……. 그랬다, 아버지가 불쌍했다. 내 마음도 우울해졌다.

"술을 더 가져올게요."

나는 빈 술병을 들고 자리에서 일어났다.

아버지는 웃으며 내 손을 잡았다.

"너 참 용감하구나! 어머니께 잘 말씀드려 보거라. 네게는 뭐라도 내어 주실 게다!"

"술을 가져다 드릴게요."

나는 대꾸했다.

나는 술병을 가득 채워서 돌아와, 아버지께 술을 따라 드렸다. 아버지는 만족스러워하셨다.

"그런데 그렇게 맞선 사람은 누구였나요?"

내가 여쭈었다.

"그래, 내가 네게 알려 주려고 했던 게 바로 그거란다. 그 용감한 남자가 누구였을 것 같으냐?"

나는 한참을 곰곰이 생각한 후 말했다.

"왕이었나요?"

"아니!"

아버지가 말씀하셨다.

"왕이 몸소 나와서, 그것도 무기도 없이 적을 맞았더라면, 정말 좋았을 텐데. 다른 왕이었다면 분명 그랬을 거야. 그런데 이 왕은 아주 비겁했어. 관리 앞에 나타난 사람은 왕이 아닌 바로 그 정복자의 손자였어. 그 아들의 아들, 바로 그 유명한 김삿갓이었지! 그래, 넌 예상도 못 했지? 하지만 분명 그 관리의 손자였단다. 그는 '남쪽으로 회군하라!'고 할아버지께 간청했지. 그러자 그 정복자가 말했단다. '내 부하가 되어라. 그러면 네게 천만 군사를 주겠노라.'고. 손자가 말했어. '당치 않습니다. 할아버지는 당신의 왕에 대한 신의를 저버리셨습니다. 그러니 당신을 따르지 않을 것입니다!'라고. 그는 할아버지가 계속 진격하도록 내버려 두었지. 김삿갓은 충절을 지켰지만, 자신의 할아버지에 대항하는 그 어떤 일도 하지 않았단다. 그 대신에 그는 방랑 시인이 되었지."

"나라면 할아버지를 도와 드렸을 텐데."

아버지가 이야기를 끝내셨을 때, 내가 말했다.

"아니다."

아버지가 말씀하셨다.

"그건 네가 아직 잘 몰라서 그런 거야. 왕에게 충성을 맹세한 사람은 어떤 일이 있어도 결코 신의를 지키지 않으면 안 되는 것이란다."

"김삿갓은 자신의 할아버지에게도 복종을 약속한 것이니, 그렇게 거부해서도 안 되는 거잖아요."

"물론 그렇지!"

아버지는 나의 논리에 대해 매우 만족스러워하시며 덧붙여 말씀하셨다.

"그러니 김삿갓은 할아버지에게 맞서지 않고, 그 대신 시인이 된 것이지. 그렇게 세상과 결별한 것이란다."

"그래도 저라면 할아버지를 도왔을 거예요."

내가 말했다.

임금 때문에 자신의 할아버지를 떠나야만 한다는 사실을 나는 이해할 수 없었다.

"이런 고집쟁이!"

아버지가 크게 소리치셨다.

"아니, 그것은 단지 아버지의 생각일 뿐이에요. 아버지가 저보다 어른이시라고 해서 반드시 저보다 더 잘 아신다고는 생각지 않아요."

"말 잘했다!"

아버지가 말씀하셨다.

"그래, 내 기특한 아들, 같이 술 한 잔 하자꾸나!"

아버지는 사용하지 않고 그냥 치레로만 가져다 둔 다른 술잔에 술을 따르셨다.

나는 아버지의 제안에 사뭇 놀랐다. 어머니가 취하게 하는 음료는 항상 모두 적으로 간주하라고 말씀하신 것에 길들여 있었기 때문이었다. 그럼에도 불구하고 나는 술잔을 손에 들고 있었다.

"괜찮다, 마셔라!"

나는 단숨에 잔을 비웠다. 그러자 눈에서 찔끔 눈물이 났다. 술이 너무 독했기 때문이었다. 그러나 아버지가 재빨리 대추 한 개를 입에 넣어 주시자 이내 나도 좋아졌다.

"맛이 어떠냐?"

"좋아요!"

내가 말했다.

"이런 녀석을 봤나, 한 잔 더!"

나는 고개를 끄덕였다. 아무 말도 할 수 없었다. 가슴과 목구멍이 조여드는 듯했다.

아버지가 김삿갓의 시 한 수를 되풀이하여 낭독하시는 동안, 나는 가만히 앉아 신음 소리를 내지 않으려고 안간힘을 썼다.

우리가 두 번째 잔을 비울 때, 나는 미리 대추 두 알을 손에 들고 있었다. 이번에는 그렇게 나쁘지 않았다. 나는 기분 좋게 대추 한 알을 꽉꽉 씹었다. 그런데 갑자기 머릿속이 빙빙 돌았다. 이상하기도 하고 신기하기도 했다. 그러나 나는 아무렇지도 않은 체하며 버티고 앉아 있었다.

이윽고 어머니가 돌아오셨다. 어머니는 금방 내가 심상치 않다는 것을 눈치채셨다.

"물론, 그래, 그래요."

아버지가 어머니께 말씀하셨다.

"그 앤 술을 두 잔이나 마셨소."

어머니는 깜짝 놀라며 아무 말도 못 하셨다.

그런데 엄하게 꾸짖으려는 눈치는 아니었다. 다만 어이가 없어하시는 듯했다.

"한 잔 더 마셔도 될까요?"

내가 아버지에게 물었다.

"당치도 않다!"

어머니가 버럭 소리치며 술잔을 빼앗으셨다.

"아, 당신 너무 매몰차게 그러지 마시오."

아버지가 어머니에게 간곡하게 말씀하셨다.

"술 몇 잔 정도는 그 애한테 해롭지 않소. 쓸쓸한 내게 벗이라도 있어야 할 게 아니겠소."

"그럼, 이번에는 말리지 않겠어요."

어머니는 잔을 채워 주셨다.

나는 아주 당당하게 세 번째 잔을 비웠다. 어른이 다 된 것 같은 기분이 들었다. 이렇게 명석하시고 이야기도 잘하시는 아버지의 벗이 되다니.

"아, 아버지, 그대에게는……. 아니 '당신께는'이라고 말해야겠네요. 시인에게 술이 없어서는 안 된다는 것을 어머니가 아셔야 할 텐데요!"

"그래, 맞다."

아버지가 말씀하셨다.

어머니가 눈을 지그시 뜨시고는 옆에서 나를 바라보셨다. 내 말에 놀라신 것인지 아니면 나를 기특하게 여기고 계신지 분간할 수가 없었다. 그러나 상관없었다. 전혀 상관이 없었다! 달이 아주 밝게 빛났고, 복사꽃 향내가 풍겼으며, 나는 술을 마시며 앉아 있었다.

아버지의 벗이 되어!

신식 학교

신식 학교에 대해서는 진작부터 자주 들어 왔다. 지난가을부터는 부모님도 가끔 이야기하시곤 했다. 몇 해 전에 처음 설립된 이 낯선 건물은 고을의 북쪽, 직물 공장이 있는 골목 근처에 있고, 반짝이는 유리 창문들이 많이 달려 있다고들 했다. 그런데 이 학교에서 가르치는 것이 매우 이상한 것이라고들 했다. 아이들은 그곳에서 고전 문학이나, 서예나, 시를 배우는 것이 아니라 서양이니 유럽이니라고 말하는 신대륙에서 들여온 아주 새로운 것들을 배운다고 했다. 그러나 사람들은 이 신대륙이 실제로 어디에 있고, 그 신학문이라는 것이 무엇인지 정확하게 알지는 못했다. 사람들은 그 학교에서 고등 산술과 어려운 기술 같은 것을 가르친다고 했고, 심지어 지리학과 천문학을 가르친다고 말하는 사람들도 있었다.

그러나 모두들 이 신식 학교에서 고전 문학을 가르치지 않아, 아이들이 혹시라도 잘못될까 걱정했다. 아버지는 이 신식 학교에 대해 누구보다도 많은 것을 알고 계셨고, 또 좋은 것이 많다고 생각하고 계셨다. 아버지는 어머니를 비롯한 온 집안 식구들과 오랫동안 상의한 끝에 내가 그곳에서 일 년 동안 교육을 받도록 결정을 내리셨다. 아버지는 내가 열한 살짜리치고는 고전 작품을 아주 많이 읽은 편이고, 또 몇 달 전에 배운『중용』과『맹자』만으로도 지금 당장에는 충분하며, 또 다음에 읽어야 할 책들이 내 나이에는 너무 어렵다고 하셨다.

신식 학교에 가고 싶은지 물으셨을 때 나는 별로 마음이 내키지 않았다. 나는 잘못되고 싶지 않았다. 나는 아버지의 유일한 아들이었기 때문이었다. 게다가 나는 한문과 한시 읽는 것을 아주 좋아했다. 그러나 나는 아버지를 믿었다.

"아버지가 원하시면, 해 볼게요."

나는 씩씩하게 대답했다.

아직은 쌀쌀한 어느 화창한 봄날 아침, 나는 아버지를 따라 집을 나서 시내로 따라갔다. 제일 좋은 옷을 입었고, 어머니가 사다 준 새 가방에는 점심 도시락이 들어 있었다. 우리는 골목길을 지나 큰 거리로 나갔다.

"그게 정말일까요, 아버지?"

나는 아버지께 여쭈었다.

"천문학을 가르친다는 게?"

"사람들 말이, 그렇다더구나."

아버지가 말씀하셨다.

"언제든 하늘에 대해 이야기를 하면 신중히 들어야 한다. 그 것은 고귀한 가르침이니까."

"제가 그것을 잘 이해할 수 있을까요?"

아버지는 내게 고개를 끄덕여 보이셨다.

"항상 너의 영혼을 깨끗하게 해야 한다!"

아버지는 내게 아주 진지하게 훈계하셨다.

우리는 종로를 지나 어느 골목길로 접어들었다. 그러고는 곧 바로 어느 큰 건물의 대문 앞에 이르렀다. 사람들이 그렇게들 이 야기를 했던 바로 그 무시무시한 학교였다. 나는 엄청나게 커 보 이는 교정 안을 기웃거려 보았다.

"들어오너라!"

앞장서서 교정 안으로 들어가 계셨던 아버지가 내게 말씀하 셨다.

"두려운 게냐?"

내가 아버지를 따르는 것을 머뭇거리자 물으셨다. 아버지는 미소를 지으셨다. 나는 천천히 문턱을 지나 들어갔다. 다시 문 안에 멈추어 서서 건물을 이리저리 기웃거리고 있자, 아버지는 내 손을 잡아끌고는 어느 교실로 데리고 가셨다. 그 교실에서 웬 나이 지긋한 남자가 나왔다. 아버지가 그 사람 앞에서 인사를 시 키셔서 나는 절을 해야만 했다.

"이분은 교장 선생님이시다!"

아버지가 미소를 지으며 내게 설명하셨다.

"교장 선생님께 감사해야 하고 순종해야 한다."

아버지가 교장 선생님과 이야기를 나누는 동안 나는 어느 작 고, 음침하고, 햇볕도 들지 않는 교실에 있던 젊은 선생님에게로 인도되었다. 그분은 송 선생님이라고 했다. 내가 또 그에게 몸을 굽혀 인사를 드리자, 그는 내게 자리에 앉으라고 하셨다. 나는 선생님 자리 앞에 놓여 있는 의자에 앉으라는 것인지를 여쭈었 다. 나는 의자에 대해 잘 알지 못했다. 여태껏 방석에만 앉았기 때문이었다. 의자에 앉는다는 것은 어딘지 품위 있어 보였다.

송 선생님은 내게 의자에 앉아도 된다고 허락하셨고, 나는 조 심스럽게 그 말에 따랐다.

"지금까지 무엇을 배웠느냐?"

선생님이 내게 물으셨다.

내가 잠깐 동안 멍하니 앉아 있자, 계속해서 질문하셨다.

"예를 들면,『통감』을 읽었느냐?"

나는 그렇다고 했다.

"네, 여덟 권째까지요."

"그러고 나서는 무얼 읽었느냐?"

나는 또다시 말없이 있었다. 순간 내가 무엇을 읽었는지 떠오르지 않았기 때문이었다. 나는 몹시 당황스러웠다.

"『사략』은?"

나는 고개를 끄덕였다.

"『맹자』도?"

나는 또 끄덕였다.

"『중용』도 읽었겠구나?"

"그것도 읽었어요."

"많이도 읽었구나!"

선생님은 책장에서 책 한 권을 꺼내와 내 앞에 펼쳐 놓으셨다.

"한번 읽어 보거라!"

나는 읽었다.

"전부 이해할 수 있니?"

나는 조금 머뭇거리며 그렇다고 대답했다.

"이 단어는 무슨 뜻이냐?"

선생님께서 한 단어를 가리키며 물으셨다. 그것은 미국이라는 것이었다.

"영국 근처에 있는 나라인 것 같은데요."

사람들이 유럽에 대해 말할 때, 종종 이 두 나라의 이름을 언급하는 것을 들은 적이 있었다. 송 선생님은 한동안 곰곰이 생각하더니, 나를 2학년생으로 결정하셨다.

아버지는 나를 한 번 더 만나보지도 않고 그냥 집으로 가 버리셨는지, 교장실에는 아무도 없었다. 아버지는 아마도 나를 내 운명에 떠맡겨 보기로 하신 것 같았다.

첫째 날, 나는 하늘에 대해선 아무것도 배우지 못했다. 자연 시간에는 네 마리의 말에 의해 서로 당겨지고 있는 공에 대해서 이야기를 했다. 그러고는 선생님이 긴 유리관 한쪽 끝에서 다른 쪽 끝으로 동전과 깃털을 떨어뜨리시는 것을 관찰했다. 다른 시간에는 셈하는 것을 배웠다. 그리고 두 번씩이나 체조를 해야 했다. 저녁 무렵에는 관찰용 대롱을 하나 받았다. 나를 비롯한 학생들은 그것을 눈에 대고 안을 들여다보았다. 그 속에선 모든 사물들이 알록달록한 빛깔로 아른거렸다.

해가 저물었다. 같은 반 아이들이 한꺼번에 교문을 빠져나갔다. 그러나 나는 또다시 송 선생님에게 뵈러 갔다. 그곳에서 교과서 두 권과 책가방 한 개, 연필 몇 자루, 석판 한 개를 넘겨받았다. 선생님은 어떤 상인이 나를 위해 학교에 갖다 놓은 것이라고 했다.

나는 그 책들을 훑어보았다. 한 권은 『동양의 역사』라는 책이었고, 다른 한 권은 『자연의 법칙』이라는 책이었다. 나는 책을 펼쳐 몇 쪽을 대충 넘겨 보았다. 자연 수업 교재에는 저울이며, 유리관이며, 돛단배며, 유럽의 기관선 그림들이 있었다. 그러나 거기에는 오늘 누군가 이야기해 주었던 공은 없었다.

송 선생님은 내가 시계를 갖고 있는지 물으셨다.

"없습니다."

"그럼 아버지는 갖고 계시냐?"

"아니요."

"그거 참 애석하게 됐구나."

선생님은 걱정스러워 하며 말씀하셨다.

"시간을 어떻게 나누는지는 알고 있니?"

"열두 시간?"

"그렇단다. 열두 시간은 오전과 오후 각각 두 차례란다. 아침 여덟 시까진 학교에 와 있어야 한다. 오늘에는 해가 운동장 남쪽 담벼락에 닿았으니, 그때가 바로 여덟 시였단다. 어떤 경우에든 아침 식사 후 곧장 와야 해."

나는 자연 수업 교재를 넘겨 보다가 얼마가 지나고 나서야 말했다.

"아직 그 공을 찾지 못했어요."

"어떤 공을 말하는 거냐?"

"네 마리 말이 끌어당기고 있는."

"그거라면 옥 선생님께 여쭈어 보렴. 나는 역사만 가르친단다. 그러나 지금은 집으로 돌아가거라. 이미 날이 저물어서 부모님이 몹시 기다리고 계실 거야!"

아버지의 사랑방에는 집안의 아저씨와 아주머니들이 앉아 있었고, 어머니와 두 누이들도 있었다. 그들이 책이며, 책가방이며, 필기도구들을 꼼꼼히 살펴보고 있는 동안, 나는 아버지의 저녁상에 남겨진 것들을 허겁지겁 먹어 치웠다.

사람들이 각자 방으로 돌아간 뒤 아버지와 나는 잠자리에 누웠다.

아버지는 내게 무엇을 새롭게 배웠는지를 물으셨다.

"여러 가지요, 아버지."

"유럽에 대해서는 뭘 좀 배웠느냐?"

"네, 그런데 아주 신기했어요."

"그래, 뭐에 대해 말했는지, 내게 들려주렴."

아버지께서 나를 채근하며 말씀하셨다.

"잘 설명할 수는 없어요. 선생님이 말씀하시는 것을 주의 깊게 들었는데도, 도무지 잘 이해가 되지 않았어요. 선생님은 네 마리의 말들에 의해 끌어당겨져야만 하는 공에 대해 설명해 주셨어요. 그러고 나서 저녁이 되었을 때, 유리관을 관찰했어요. 교정에 있는 돌멩이며, 사람들의 옷이며, 지붕의 기와들이 그 유리관을 눈에 갖다대자 모두 알록달록하게 아른거렸어요. 저는 왜 그런지를 이해할 수 없었어요. 아버지께선 말씀해 주실 수 있나요?"

"그것이 분명 유럽에서 온 것이라고 하더냐?"

아버지는 물어보시고는, 한참 동안 아무 말도 하지 않으셨다.

"네, 그렇게 알고 있어요."

"어떤 선생님이 그것을 가르쳐 주셨느냐?"

"옥 선생님이라고 하시는 것 같았어요."

"그래, 그는 뭐라고 말하던?"

"빛이 쪼개지기 때문에 그렇다고 하신 것 같아요."

"빛이 쪼개져? 빛이 쪼개진다고?"

아버지는 계속 중얼거리셨다.

한참 후, 그는 내게 등잔불을 다시 밝히라고 하더니, 방 모퉁이에 있는 나지막한 장롱 속에서 책 몇 권을 꺼내 가져오라고 하셨다. 그 책들은 임금이 계신 서울에서 받아온 것들이었다.

그 책 속에는 수많은 서양 지식이 들어 있었다. 아버지가 책들을 낱낱이 살펴보시고 나서, 나는 그것을 도로 장롱 속에 가져다 놓았다.

"학교에서는 더욱 주의해야 한다."

아버지는 실망스러워하시는 것 같았다.

"이제, 불을 끄고, 잠자리에 들거라."

"오늘은 정말 기분이 이상했어요."

내가 말했다.

"학교가 온통 낯설기만 했어요. 그곳이 마음에 들지 않게 될까 봐 한참을 걱정했어요. 제게 익숙했던 것과는 너무도 달랐거든요."

아버지는 오랫동안 아무 말도 하지 않으셨다.

"슬펐니?"

아버지께서 물으셨다.

"그 비슷한 느낌이었어요. 옛 서당이며, 우리 집을 생각하지 않을 수 없었어요."

"잠깐 곁으로 오너라."

아버지는 내 손을 잡아당기셨다.

"소동파의 노래를 아직도 알고 있느냐?"

나는 곰곰이 생각한 후 그렇다고 대답했다.

지난해, 아버지는 내게 유배당한 시인의 노래를 낭송해 주셨다.

"내게 읊어 주겠니?"

나는 막힘없이 그것을 읊었다.

"영원한 슬픔에 대한 시를 읊을 수 있겠니?"

나는 그렇게 했다. 50개의 절이 다 끝날 때까지는 긴 시간이 걸렸다.

"그래, 마음이 좀 편안해졌느냐?

나는 그렇다고 대답하고는 내 잠자리로 돌아갔다.

"내일 또 학교에 갈 거니?"

"네, 아버지가 원하신다면요."

시계

　내 옆자리에는 기섭이라는 아이가 앉았다. 그 아이는 인물이 좋았고, 많은 것을 알고 있는 듯했고 영리해 보였다. 내가 잘 알아듣지 못해 의기소침하게 앉아 있으면 그는 나를 무척 안쓰럽게 여겼다. 나는 자연 과학에 대해서는 거의 아무것도 이해하지 못했고, 산술은 더 부족했다. 기섭은 가끔씩 내 빈 공책을 들여다보고는 숫자 몇 개를 적어 주기도 했다. 그 덕분에 나는 어려운 셈 문제의 답이라도 집으로 가져갈 수 있었다. 그러나 어떻게 그 결과에 이르게 되었는지를 알 수 없었기에 별로 도움이 되지는 않았다. 그래서 나는 온종일 낙담한 채로 앉아있으면서, 저녁이 되어 수업이 끝날 때까지 그저 기다리기만 해야 했다.

집으로 돌아가는 길에는 자연 과학 시간에 대충 이해했던 것들과 유럽에 대해 새롭게 들은 것들을 아버지께 전해 드리기 위해 머릿속에서 꼼꼼히 정리했다. 아버지는 아무리 사소한 것이라도 새로운 것에 대해 듣는 것을 매우 즐거워하셨다. 나는 학교에서 들었던 단어란 단어는 몽땅 아버지께 설명해 드렸고, 조금이라도 유럽적인 것으로 보이는 것들은 모두 가져다 드렸다. 유럽의 글자가 적힌 종잇조각이며, 고층 건물과 다리, 혹은 탑들이 그려진 그림들까지. 아버지는 모든 것들을 오랫동안 꼼꼼히 살펴보곤 하셨다.

쉬는 시간이나, 학교 수업이 끝난 후 몇몇 아이들은 운동장에 모여 유럽 여러 나라들의 높은 지식에 대해서라든지, 너무 이상하게 발음되어 그 이름을 잘 알아들을 수 없는 현자들에 대해 수다를 떨었다. 동급생 복술이는 어떤 부유한 중국인이 유럽의 현자를 방문했던 이야기를 했다. 그 부유한 사람은 아주 값비싼 다이아몬드 반지를 끼고 있었는데, 반지가 손가락에서 미끄러져서 그만 그것을 정원에 떨어뜨리고 말았다. 그런데 현자와 담소를 나누는 동안 상인이 자신의 불행한 사건에 대해 이야기하자, 현자가 이렇게 응수했다는 것이었다.

"걱정하지 마십시오, 손님. 유럽 나라에서는 아무도 땅에 떨어진 낯선 물건을 줍지 않으니까요!"

그러나 사실은 상인이, 때마침 빗자루로 마당을 쓸고 있었던 하인이 그 반지를 주웠다가, 바닥을 깨끗이 한 후에 도로 그 자리에 놓아두는 것을 창문으로 보았다는데도 말이다.

기섭은 오랫동안 유럽에서 산 적이 있는 어느 중국 황태자에 대해 이야기했다. 그 황태자가 다시 중국으로 돌아가려고 했을 때였다. 그는 작별 인사도 할 겸, 또 그를 손님으로 친절하게 후대해 준 것에 감사할 겸, 그 나라에서 최고 높은 사람을 찾아가기로 했다. 성의 뜰에 이르렀을 때였다. 때마침 자갈땅을 정돈하고 있던 한 정원사에게 그의 주인이 자신을 만나 줄 시간이 있는지를 물었단다. 그러자 그 정원사가 이렇게 대답했다는 것이다.

"내가 바로 이 나라의 대통령이오. 유럽에서는 미개한 나라에서처럼 주인이나 하인이 없습니다."

이 이야기를 듣고 아버지께서 얼마나 좋아하시던지!

"그것 봐라!"

아버지께서 흥분하며 말씀하셨다.

"유럽인들은 진짜 소탈한 사람들이잖니!"

그로부터 며칠 후, 아버지께서 집으로 가져오게 한 커다란 벽시계가 자정 열두 시를 쳤다. 그것은 집 안을 온통 울려 댔고, 그런 후에도 조용한 밤 시간 내내 똑딱거렸다.

아버지는 아직도 등잔 옆에 앉아서 내 교과서의 책장을 넘기고 계셨다.

"유럽에 대해 더 들은 거 없니?"

"없어요."

"그 나라를 누가 다스리는지 말해 주지 않던?"

"아니요. 제 생각은 그 나라의 대통령들인 것 같아요. 그들은 일종의 왕들이니까요."

"흠, 그럴 수도 있겠구나."

아버지는 계속해서 책을 읽으시면서, 때로는 곰곰이 생각에 잠기시기도 하고, 또 때로는 간간히 미소를 짓기도 하셨다. 그러다가 책을 밀쳐놓고는 보이지 않는 신세계 저쪽을 바라보려는 듯 앞을 응시하고 계셨다.

어느 날 저녁 내가 막 집으로 돌아가려고 할 때였다.

교실 문 앞에 한 아이가 나를 기다리고 있었다.

그는 나보다 한 학년 높은 용마라는 아이였다.

"네가 남문 안에 사는 이 감찰의 아들이냐?"

그가 내게 물었다.

"응, 그래."

"우리 오늘 어떤 집을 방문하려고 해. 그 집 아들을 우리 학교에 입학시키려고."

나는 신식 학교의 아이들이 여러 집을 방문해서 부모들에게 우리 학교의 좋은 점들에 대해 말하면서 그 집 아이들이 신식 교육을 받도록 설득하기 위해 시내를 돌아다닌다는 이야기를 종종 들은 적이 있었다.

"송 선생님이 오늘 저녁에는 우리 둘로 정하셨어."

내가 머뭇거리는 것을 지켜보며 그가 말했다.

"저녁 먹고 곧장 버들다리로 와! 그곳에서 만나자. 그리고 교과서도 몇 권 가져와. 부모님들께 보여 드리게."

우리들이 강가를 따라 걷고 있을 때는 이미 날이 어둑어둑해지고 있었다. 강물이 노을빛에 빛났다.

"뉴턴에 대해 아는 거 좀 있어?"

용마가 길을 걸으면서 내게 물었다.

"아니."

내가 말했다.

"너 중력에 대해 들었지. 그것 때문에 모든 것이 땅에 떨어지는 거라고."

"아니."

내가 또 말했다.

용마는 놀라며 나를 바라보았다. 그는 내 나이에 중력에 대해서 모르고 있다는 사실이 도무지 믿기지 않는 듯했다.

"고작 내가 알고 있는 것은 지구가 태양 둘레를 돈다는 것 정도야."

내가 말했다.

"좋아, 그럼 너는 그것에 대해 사람들에게 이야기해."

그가 미소를 지으며 말했다.

"아니면 산소에 대해서 이야기를 하든지. 물은 두 개의 서로 다른 물질, 산소와 수소로 되어 있다고 말이야. 우리 조상들은 우주가 음과 양이라는 양극으로 되어 있다고 믿고 있는데, 유럽 사람들은 물과 공기와 바위와 같은 물질들 속에도 그런 원리가 있다는 것을 알고 있다고."

용마의 목소리는 매우 부드러웠고, 그는 사려 깊게 말을 했다.

"많은 사람들이 지금 불길한 세상이 왔다고 말하는데, 실은 불길한 시대가 아니라 새로운 시대가 왔을 뿐이라고 말해 줘. 마치 눈으로 뒤덮였던 긴 겨울이 지나고, 진달래가 피고, 뻐꾹새가 울면 봄이 시작되는 것처럼. 우리 시대도 지금 그런 것과 같다고 말이야."

우리가 찾아간 집의 아버지는 붓 만드는 사람이었다. 그 집 외벽 위에는 붓을 판다는 말이 큼직한 글씨로 온통 쓰여 있었다. 돌계단에 이르렀을 때, 때마침 주전자를 손에 들고 나오던 젊은 부인과 마주쳤다. 그녀는 우리가 의도하고 있는 것을 알아듣고는 한마디 말도 없이 집 안으로 들어가 문을 닫아걸었다. 문을 몇 번 두들겼지만, 그녀는 열어 주지 않았다.

우리는 그곳에 우두커니 서서 한참 동안 근처 계곡물이 세차게 떨어지는 소리를 듣고 있다가, 그만 발길을 돌렸다. 용마가 내게 말했다.

"너의 집에 나무 상자가 있으면, 검은 종이로 그것의 안과 밖에 붙여 봐. 그리고 한쪽 면만 열어서 흐릿한 유리로 덮어. 그런 다음 반대쪽에 바늘 하나만 들어갈 수 있을 정도로 아주 좁은 구멍을 내도록 해. 그 상자로 맞은편 경치를 잡게 되면, 유리에 온갖 나무와 꽃들이 비치는 것을 보게 될 거야. 사람들에게 그 상자를 보여 주면서, 그 경치와 똑같은 한 장의 사진이 만들어진다고 말해 줘."

용마의 집에 이르렀을 때, 그는 자기가 갖고 있는 책들을 보여 주겠다며 나를 방으로 데리고 갔다. 책들은 부분적으로는 유럽식으로 제본되어 있었고, 글씨가 금장으로 된 것도 있었다. 나는 감히 그것을 만져 볼 엄두도 내지 못했다.

"우리는 먹으로 서예를 하는데, 유럽에서는 바로 금촉으로 글씨를 쓰고 있어."

용마가 내게 설명해 주었다. 내가 집에 가려고 하자, 그는 푸른색 표지로 된 작고 얇은 책 한 권을 내게 주었다. 거기에는 유럽식 발음으로 어떤 이름이 적혀 있었다.

"이건 진보적인 사람이라면 누구든 읽는 책이야. 너의 아버지께도 보여 드려!"

나는 그 책을 갖고 서둘러 집으로 돌아왔다.

"아브라함 링컨, 아브라함 링컨."

아버지가 중얼거렸다.

"사람 이름이니?"

"네, 그렇게 알고 있어요."

아버지는 몇 쪽을 읽어 보고 계속 책장을 넘겨 보시더니 책의 앞뒤를 살펴보셨다.

"너는 그만 자거라."

짧게 말씀하시고는 아버지는 계속 책을 읽으셨다.

"유럽의 현자인가요?"

내가 아버지에게 물었다.

아버지는 고개를 끄덕이셨다.

"공자나 맹자 같은?"

"아니, 성격이 좀 다르단다."

"율곡 선생 같은 사람인가요?"

"뭔가 좀 다르구나."

아버지는 내 질문에 성가시다는 표정을 지어 보이셨다.

나는 아버지가 책을 다 읽으실 때까지 잠자코 기다렸다.

아버지는 그 이야기에 몹시 흥분하신 듯 보였는데, 내게는 아무 말도 하지 않으셨다. 앞에 놓인 책을 물끄러미 응시하면서 그저 묵묵히 앉아 있기만 하셨다. 그러더니 담뱃대에 불을 붙여 담배를 태우셨다.

그 유럽인은 시인이었을까? 영웅이었을까? 아니면 어떤 나쁜 임금의 충성스런 신하였을까? 유럽에도 통치를 잘하지 못했던 임금이 있었을까?

나는 서랍에서 사진들을 꺼내어 높은 건물이며, 긴 다리며, 뾰족한 탑 들을 살펴보았다. 사람들은 이 탑으로 도대체 무엇을 하는 걸까?

벽시계가 느릿느릿 뎅그렁댔다. 아득히 멀어서 도무지 다다를 수 없을 것 같은, 그런 고귀한 지혜의 성에서 울려 나오는 소리 같았다. 흘러가는 구름 사이로 언뜻언뜻 빛을 던져 주는 바로 그런 그 지혜의 성에서 울려 나오는.

아버지는 방문객을 거의 맞지 않으셨다. 충분한 휴식이 필요하다고 하셨다. 그는 젊은 서기(문서를 맡아보는 사람) 순필에게 시내에서 온 모든 업무상의 방문객들을 접대하라고 했다. 그리고 마름인 순옥을 시켜 소작농민들을 관리하게 하고, 그들의 고충을 상담하게 했다. 사람들이 오고 가고, 흥정을 하고, 계약을 하는 모든 일들은 옛 서당이 있었던 바깥채에서만 이루어졌다. 빗장 문이 달린 중간 벽을 통해 다른 뜰과 분리되어 있는 샘뜰에는 온종일 정적만 흘렀다. 아침에는 하인이 마당을 쓸고, 저녁에는 구월이가 작은 화단에 물을 주는 것이 고작이었다.

아버지가 매일 만나는 방문객이라곤, 저녁 식사 후에 구월이나 다른 하녀를 데리고 아주 잠깐씩 우리 곁에 머무르곤 하셨던 어머니가 유일했다. 어머니는 아버지와 가정일을 상의하기도 하고, 안채에서 있었던 일이며 여자 방문객들에 대한 이야기를 나누었다. 또 학교에서 나에게 있었던 일을 한참 동안 귀 기울여 들으시고 난 후, 열린 창문 위에 돌돌 말려 있었던 대나무 발을 내리게 하시고는 등잔불을 밝혀 주며 우리에게 잘 자라고 저녁 인사를 하셨다.

둘째 누이 어진이 저녁때면 곧잘 찾아와서 우리 이야기에 귀 기울이곤 했다. 그녀는 내가 학교 다니는 것에 관심이 아주 많았다. 그녀는 종종 내 교과서를 살펴보면서, 마음에 드는 데를 군데군데 읽어 본 것 같았다. 그녀는 툭하면 내가 다음 날 필요로 하지 않는 책들을 이것저것 탐독하려고 자기 방으로 가져가곤 했다. 한번은 아버지가 그녀에게 신식 학교에 다니지 않겠느냐고 묻자, 그녀는 몹시 놀라면서 황급히 책을 옆으로 치워버렸다.

"어쩜 그렇게 저를 놀리세요?"

그녀가 당황해하며 말했다.

큰 아기라고 불리던 맏누이는 이미 오래전에 혼인을 했고, 막내 누이인 셋째는 아직도 아버지의 사랑방으로 건너가길 꺼려했다.

어느 날 저녁, 부모님은 긴 이야기를 나누고 계시고, 나는 안뜰에 있는 작은 '동쪽 방'에서 혼자 있을 때였다. 어진이 누이가 나를 찾아왔다.

"이 책들은 너무 이상해."

그녀가 못마땅해하며 말했다.

"고전적인 글귀들도 하나 없고, 깊은 의미가 들어 있는 문장들도 없어. 너는 이 책들이 너를 현명하게 만들어 준다고 믿니?"

"그렇게 생각해."

"그럼, 넌 이 책에서 뭘 배우고 있는 거야?"

그녀가 책을 한 권씩 한 권씩 신중하게 살펴보며 말했다.

"정말, 애석하기 짝이 없어. 그래도 너는 재능이 있는 아이인데 말이야. 이미 『중용』도 읽었고, 또 시도 그렇게 많이 익혔잖니. 게다가 율곡에 대한 일화들을 정서(글씨를 또박또박 바르게 베껴 씀)하기까지 했잖니. 그런데 지금은 이렇게 쓸모없는 것들로 너의 재능을 낭비하고 있구나."

어진이 누이는 영리했다. 그녀는 훌륭한 문체로 된 수많은 일화와 소설들을 읽었고, 어머니도 잘 모르는 고전 문장을 늘 입에 달고 다녔다. 사람들은 그녀가 우리 가운데서 가장 똑똑하다고 말하기도 했다. 이따금씩 나를 꾸짖기도 했던 유일한 누이가 그녀였다. 그녀는 내 글씨 가운데 틀리고 잘 정돈되지 않은 것을 찾아내기도 하고, 내 말씨가 멋이 없다고 핀잔을 주기도 했다. 그래서 나는 가능하면 그녀와 대화하는 것을 피하려고 했다.

"신학문은 전혀 달라."

나는 마침내 이야기를 꺼내고야 말았다.

"거기에선 예를 들어 매일 수천 마일을 달릴 수 있는 기차 만드는 것을 배워. 그리고 달이 얼마나 떨어져 있는지를 측정하는 것이라든지, 빛을 밝히기 위해 번개의 힘을 어떻게 사용하는지를 배워."

"그럼 넌 현자는 되지 못하겠구나."

그녀가 걱정스레 말했다.

"딴 시대가 왔어."

내가 말을 이었다.

"어두운 밤을 지나서 밝은 시대로 말이야. 새로운 바람이 우리를 일깨우고 있어. 긴 겨울이 지나가고 이제는 봄이야. 사람들이 그렇게 말하고 있어."

그녀는 한참을 묵묵히 있으면서, 내 말에는 거의 귀 기울지도 않았다.

"유럽이라는 나라는 도대체 얼마나 멀리 떨어져 있는 거야?"

그녀가 물었다.

"아직 배우지 않았는데, 내 생각에는 그곳까지 수천 마일은 더 될 거 같아."

"옛날에 소군 공주가 꽃이라곤 전혀 없는 나라로 시집갔다고 하는데. 혹시 그곳이 아닐까?"

"아니야. 그 나라는 오랑캐 나라였어."

"유럽에도 백합이며, 개나리며, 진달래 같은 꽃들이 핀다고 생각하니?

"몰라."

"거기에서도 달빛 아래서 술잔을 기울이고 앉아서 시를 지을 수 있게 하는 남풍이 분다고 믿니?"

"그것도 분명하게 말할 수는 없어."

"넌 도무지 아는 게 없구나."

그녀가 실망하며 내 말을 잘랐다.

방학

옛 서당에서는 딱히 여름 방학이라는 것이 없었다. 날이 더워지면 평소보다 수업을 적게 하고 멱을 감으러 가도 되었다. 일요일도 없었고, 단지 한 달에 이틀만 수업이 없을 뿐이었다. 이 신식 학교에서는 일요일에는 수업이 없었고, 여름에는 한 달 동안 꼬박 빈둥거리며 보내도 되었다. 방학이란 정말 얼마나 잘 만들어진 것이었던가! 아버지도 아주 흡족해하셨다. 아버지는 내게, 서예를 더 익힐 수 있도록 마을에서 좀 떨어진 곳에 살고 있는 이름난 서예가에게로 갈 것인지 아니면 아버지 곁에서 한문 책을 또박또박 베끼는 정서를 하겠는지 택하라고 하셨다. 아버지는 내 필체를 마음에 들어 하지 않으셨다. 그래서 내가 방학 동안 서예를 연습하길 원하셨다.

나는 두 번째 제안을 골랐고, 가느다란 붓 여러 자루와 빈 공책 한 권을 받았다. 빈 공책에는 쌀알 크기만큼 작은 글씨를 가득 메워야만 했다. 매일 아침, 나는 두 쪽씩 문장을 익히고 또 오전 내내 그것을 한 자 한 자 베꼈다. 아버지는 수많은 글자를 반복해서 연습하도록 하셔서, 전체 쪽을 여러 번 정서해야 할 적도 있었다.

오후에는 바둑 놀이를 배웠다. 그것은 수많은 검은 돌과 흰돌을 갖고 하는 상류층의 판 놀이였다. 나는 희고 매끄러운, 또 때로는 종이처럼 얇은 바둑돌이 바닷속에서 닳고 닳은 조개껍질의 깨어진 조각들이라는 것을 알게 되었다. 바둑돌이 한쪽 면에 아직 진주 층을 품고 있는 것이 보였다. 검은 돌은 도톰하고 동그랬으며, 석판처럼 잿빛이 감돌았다. 강바닥에서 주워 온 것들로 보였다.

"자, 검은 돌 하나를 집거라."

희고 검은 바둑돌을 꼼꼼히 살피고 있는 동안 아버지께서 말씀하셨다.

"그리고 그것을 판 위에 놓으렴, 있는 힘껏!"

그렇게 하자 그 바둑판 표면의 상자가 영롱하게 울리더니 길게 여운이 이어졌다. 상자의 공명통에는 수많은 구리 선들이 감겨 있다고 아버지가 내게 설명해 주셨다.

"상대방이 바둑돌을 놓거든, 그 울림이 다 사라질 때까지 기다려라. 네가 돌을 놓는 경우에는 절대 경솔해서는 안 된다!"

나는 스무 점을 먼저 두고, 대결을 시작했다.

"천천히."

내게 유리해 보이는 곳에 황급히 바둑돌을 가져가려고 할 때마다 아버지가 소리치셨다.

"항상 처음에는 심사숙고해라. 적의 약점은 항상 속임수일 수 있으니까!"

한번은 아버지께서 바둑 놀이가 본래 인간의 놀이가 아니며, 신선들이 이 산 저 산 꼭대기에서 내려와 그 놀이를 하면서 시간을 보냈다고 말씀하셨다.

"아이들이 경주를 하듯이 성급하게 노는 신선들을 상상할 수 있겠니?"

"아니요, 신선들은 너무도 고상하잖아요!"

내가 말했다.

"너도 언젠가, 신선 세계에 잘못 들어가 그들의 놀이를 훔쳐보고 말았던 나무꾼 이야기를 들어 본 적 있을 거야. 그가 다시자기의 옛 자리로 돌아왔을 때, 그는 도끼가 썩어 있다는 것을 발견했지. 시간이 존재하지 않는 신선들의 놀이는 땅에 사는 사람들에게는 너무도 길고 긴 시간이 걸렸던 거야."

우리는 바둑을 두고 또 두었다. 매일 오후, 무더위가 가시고 나면 나는 바둑판을 들고 뜰로 내려와 그늘진 나무 아래에 갖다 놓아야 했다. 우리는 바둑판을 사이에 두고 돗자리 위에 앉았다. 나는 계속해서 졌다. 그러나 언젠가 한 번은 놀이에서 꼭 이기게 될 것이라는 믿음을 결코 포기하지 않았다. 뜰이 서늘한 그림자 속에 잠기고, 구월이가 저녁 식사를 하라고 부를 때까지 우리는 계속 바둑을 두었다.

어머니가 아버지를 만나러 오시는 저녁 시간쯤에 나는 종종 용마에게 불려 나갔다. 때로는 학생들을 모집하러 나가기도 했고, 또 때로는 그저 상점 구경이나 하려고 시내를 배회하기도 했다. 우리는 시가지를 지나 동문까지 거닐었다. 그리고 거기에서 일본풍 상점들을 구경할 수 있었다. 나는 옛날부터 그저 '왜놈'으로 불렸고, 또 그다지 예의 바르지 않은 사람들로만 여겨져 왔던 일본인들에 대해 별로 아는 것이 없었다. 그러나 용마는 그들이 유럽에서 많은 것을 배워 와 자기 나라를 개혁했으니 지금은 일본이라는 나라를 문명국으로 여겨야 한다고 했다. 실제로 일본 상인들은 유럽에서 들여왔음 직한 이상한 모양새의 물건들을 많이 팔았다. 대부분은 사탕이며, 담배며, 램프며, 석유며, 인형이며, 장난감 따위들이었다. 어떤 상점 앞에는 못을 많이 박아 놓은 큼직한 널판이 세워 있었다. 비스듬히 얹힌 널판 위에서 동전 하나에 한 번씩 공을 굴리면, 그 공이 아래로 굴러가 어떤 숫자를 가리키게 되어 있었다.

최고의 경품은 벽시계였다. 일본 상인은 시도 때도 없이 소리쳤다.

"이리 와서 내기를 하고, 벽시계를 타 가시오. 아라, 아라, 아라, 아라, 내 벽시계가 없어지는구나."

다른 상점에서는 자전거를 팔기도 하고 빌려주기도 했다. 용마는 그곳에서 가장 오랫동안 서 있었다. 그는 바퀴를 세심하게 관찰했다. 그는 아주 이상하게 생긴 이 자전거야말로 진짜 유럽에서 온 것일 거라고 했다.

"한번 타 보면 안 될까?"

한참 동안 다른 아이들이 자전거를 타는 모습을 구경하더니, 용마가 내게 물었다.

"점잖지 못한 일이야."

나는 이 이상한 장난감이 정말 고상한 유럽에서 온 것인지 정확하게 모르는 일 아니냐고 말했다.

"그리고 넌 선비 집안의 자손이잖아."

그가 고개를 끄덕였다. 그러고는 한참을 고민하더니, 단념했다.

상점들은 모두 밤늦게까지 불을 환하게 밝히고 있었다. 일본 상인들은 상점 앞에 펼쳐 놓은 돗자리에 앉아 있었다. 그들은 우리들과는 정반대로 검은 옷을 입고 있었다. 검은 옷감에는 하얀 눈송이 같은 무늬가 그려져 있기도 하고, 단순하게 선이나 점이 그려져 있기도 했다. 게다가 많은 사람이 섬뜩하리만치 조잡해 보이는 큼직한 글자까지 등 위에 붙이고 있었다. 고상한 흰옷을 입고 있는 사람도, 흰 신발을 신고 있는 사람도 없었다. 그들은 모두 게다(일본 사람들이 신는 나막신)를 신고 있었고, 다리 안쪽을 향해 놓인 두 발을 질질 끌며 걸어 다녔다. 일본 여인들도 물건을 팔았다. 그녀들은 하녀를 데리고 다니지도 않았고, 하녀들과 똑같이 가마도 타지 않은 채 혼자서 거리를 활보하고 다녔다. 이 일본인들은 도대체 체통이라고는 없는 하층 출신들인 것일까, 아니면 너무도 가난해서 자기 부인들을 하녀로 보낼 수밖에 없었던 것일까?

나는 그들의 고국 사진을 본 적도 없었고, 그들의 시골이나 도회지의 사진도 본 적이 없었다. 용마도 그것에 대해서는 잘 알지 못했다. 다만 그는 지금 일본은 개혁이 되었고, 전차와 기선을 많이 갖고 있다는 사실만 반복적으로 이야기할 뿐이었다.

"사람들이 말하는데, 세계에는 여섯 개의 문화국이 있대."

언젠가 용마가 말했다.

"그것은 영국, 미국, 프랑스, 독일, 러시아, 그리고 일본이래. 물론 사람들은 일본이 남의 나라 흉내를 내어 간신히 꼬리에 붙게 되었다고 하더군."

"그럼 우리나라는 어디에 들어가는 거야?"

내가 놀라서 물었다.

"우린 문화국이 되려면 한참 멀었어."

그가 낙담하며 말했다.

"우린 전차도 얼마 없는걸."

"그럼 중국은?"

내가 또 물었다.

"중국 사람들은 너무 구식이야."

그가 긴 침묵 끝에 말했다.

"한번은 포목 장수 유 씨에게 상투는 구식이니 머리를 잘라야 한다고 말했다가, 엄청 욕을 먹었어. 그 구식 남자가 어찌나 화를 내던지, 만약 내가 재빨리 달아나지 않았더라면 뺨이라도 얻어맞았을 거야. 남산 뒤에 사는 채소 농사꾼 아저씨도 너무 구식이야. 한번은 그에게 뭐라도 깨우쳐 보게 하려고 내 교과서를 보여 주었어. 그러고는 한자로 썼어. 중국도 유럽의 문명을 받아들일 것이냐고. 그러자 그가 미소를 지으며 손을 내저었어. 그러고는 담뱃대로 땅바닥에다 이렇게 쓰더라고. '유럽은 오랑캐 나라다. 거기에는 공자의 예법도 없다.'라고."

'구식'이라는 말이 왠지 좋게 들리지는 않았다. 마치 어리석다거나 완고하다는 것을 의미하는 듯한 생각이 들었기 때문이었다. 중국인들이 정말 구식이라면 유감스런 일이다. 중국은 내겐 아름답고, 온유하고, 고상한 무엇이기 때문이었다. '양자강'이나 '동정호', '서주'나 '황주'라는 단어들의 울림만 생각해도, 혹은 '소동파'나 '도연명'의 시 몇 편을 읊기만 해도 황홀한 세계가 바로 내 앞에 펼쳐지는 것을 보는 것 같았다.

중국 소설을 많이 읽었던 셋째 누이와 어진이 누이도 그렇게 생각했고, 또 그렇게 느꼈다. 그녀들은 양자강 계곡의 아침 안개를 본 적도 없고 달빛 속 요양(라오양)의 잎사귀도 본 적 없지만, 아름다운 중화 제국을 사랑했다. 심지어 중국인들이 종종 경멸하듯이 '동이족'이라고 부르는 우리들의 고향보다도 더 많이 사랑했다.

여름 방학이 끝날 무렵, 나는 진기하고도 멋진 저녁날을 경험했다. 저녁 식사 후 기섭이라는 친구와 '호랑이'라는 무시무시한 이름을 가진 친구에게 이끌려 나갔다. 그들은 내게 즉시 학교로 가야 한다고 했다. 오늘은 왕인지 혹은 왕비인지 혹은 공주인지 혹은 높은 관직에 있는 누군가의 생일이어서 저녁에 시가행진을 해야 한다고 했다.

학교에 도착해 보니, 벌써 200명이 넘는 전교생들이 교정에 모여 있었다. 체조 선생님이 오셔서 키 순서대로 네 줄로 정렬하라고 하셨다. 용마가 가장 키가 컸으므로 맨 앞에 섰고, 나는 전체 대열에서 거의 맨 끝줄에 기섭과 나란히 섰다. 누군가 우리에게 긴 연설을 늘어놓았다. 그는 우리가 마을 사람들과 다른 학교 학생들이 감탄할 정도로 질서정연하게 행진을 해야 한다고 훈계했다.

날이 저물었다. 학생들은 저마다 촛불을 밝힌 초롱을 하나씩 손에 들고 교문을 빠져나가기 시작했다. 우리는 북과 나팔의 박자에 맞추어 행진하면서 애국의 노래를 부르면서 종로로 이동해 갔다. 남쪽과 동쪽에서도 학생들이 초롱을 들고 노래를 부르며 종로 맞은편에서 행진을 하며 걸어왔다. 두 개의 소학교는 올여름에 새로 설립된 것이었다. 기섭이 내게 그 소학교들은 선교사들에 의해 설립된 것이라고 설명해 주었다. 세 개의 학교가 합류해서 종횡으로 시내를 행진하여 마침내 '삼문'을 통과해 목사관에 도착했다. 그곳의 수많은 뜰이 마치 빛의 바다처럼 반짝반짝 빛나고 있었다.

너무도 장엄했다. 예전에는 이곳 목사관에서 수많은 저녁 축제가 벌어지곤 했다. 나는 작은 옆문을 지나 조그만 뜰 앞까지 밖에는 들어가지 못했다. 그곳에서 우리는 다른 뜰에서 벌어지는 불꽃놀이를 감상할 수 있었고, 아름다운 음악 소리를 들을 수 있었다. 우리 대열은 거대한 삼문을 통과해 수많은 관문을 지나 연화루의 뜰로 이동했다. 거기서 목사가 직접 우리를 맞았다. 우리는 왕실 문양인 오얏꽃 모양이면서 커다랗게 생긴 연못에 빙 둘러서 있었다. 수많은 초롱불들이 물에 반사되었다. 우리 고장에서 제일 높은 사람이 누각 앞에 모습을 드러냈다.

목사는 우리가 '현명한 이성'으로 새로운 시대를 충분히 통찰해 낼 것이라고 칭찬했다. 그는 우리 조국이 비록 조그만 나라지만, 선조들은 높은 문화를 지녔고, 그것을 일본에 전파했었다고 말했다. 그러나 지금은 일본이 선두에서 행진하고 있으며, 우리나라의 개혁을 도와주겠다고 하니, 우리는 열심히 노력해서 동쪽의 이웃나라처럼 높이 되어야 할 것이라고 말했다.

우리는 기뻐하며 우리 조국과 우리 왕을 위해 "만세"를 외쳤다.

행사가 끝날 무렵, 우리들은 새로운 문화에 대해 깨달은 것에 대한 보상으로 연필 한 타(열두 개를 한 단위로 세는 말)와 공책 두 권을 받았다.

우리는 흐뭇해하며 집으로 돌아갔다. 그날 저녁은 정말 아름다웠다. 우리는 작은 민족이고, 작은 나라라는 말은 맞다. 그것보다 중요한 것은 우리의 현명함이다. 위대한 나라 중국이 맨 처음 우리를 '소화(小華)'라고 표현했던 것은 바로 우리 선조들이 현명했기 때문이었다. 문학이며, 철학이며, 종교며, 건축술이며, 내가 알고 있는 모든 것들을 일본에 보내 주었던 나라가 다름 아닌 바로 우리다! 신문화국이 되는 것은 우리가 일본보다 약간 늦었을지라도, 그것이 우리에게 해될 것은 없었다. 목사가 말했듯이 우리는 정말 현명하기 때문이었다. 그것은 나를 의기양양하게 만들었다.

그날 저녁은 정말 멋졌다!

옥계천에서

가을에는 수업 시간이 더 길어졌다. 지리와 세계사 과목이 시작되었는데, 교과서가 부족해 그때그때 칠판에서 베껴 적어야 했기 때문이었다. 학교를 빠져나올 때면 벌써 날이 어둑어둑해졌고, 날씨도 쌀쌀해져 있었다.

어느 날 늦은 저녁, 구월이가 마중을 나왔다. 그녀는 오늘은 혼자서 거리를 다니는 것이 너무도 위험하기 때문에 어머니가 자기를 보내신 것이라고 말했다. 수많은 일본 군인들이 시내를 돌아다니고 있었다. 그들은 심지어 민가까지 쳐들어왔다. 나는 일본인들이 적이 아니라 우리를 도와주기 위해 온 것이라는 이야기를 자주 들어오긴 했지만, 그래도 으시시한 기분이 들었다.

"아버지께선 뭐라고 말씀하셨어?"

내가 구월이에게 물었다.

"몰라."

"그럼 어머니께선 뭐라고 하셨어?"

"곧 전쟁이 일어날 거라고 했어."

"순옥 아저씨는 어떻게 생각하고 있어?"

"이제 세상이 끝장났대."

우리는 서둘렀다. 거리는 평소보다 어두웠다. 남폿불 옆에서 수박이며, 호박이며, 배며, 과자를 팔기도 했던 과일 장수들도 전혀 보이지 않았다. 남문은 어두운 밤하늘에 크게 입 벌려 하품하듯 서 있었다. 늘 아름답고 감동적인 노래를 들려주던 사탕 장수 아저씨도 그곳에 없었다. 집안에서 사람들은 흥분해서 그날의 사건에 대해 떠들고 있었다. 실제로 군인들이 거리와 골목에 나타나 집집마다 수색을 하고 다녔다. 순옥 아저씨는 큰길을 지나 군인 세 명이 국수 가게 안으로 쳐들어가는 것을 직접 목격했다고 했다. 그러나 아무도 그들이 그곳에서 무엇을 찾고 있는지 알지 못했다. 사람들은 그들의 언어를 이해하지 못했고, 또 아무도 가까이 다가오지 못하게 했기 때문이었다. 사람들은 그저 우리 고을에 무언가 불길한 일이 닥쳐올 것이라는 짐작만 해 볼 뿐이었다.

부모님은 그날 밤 내내 의논을 하셨다. 어머니는 성숙한 어진이 누이와 막내인 나만이라도 안전한 곳으로 보내야 한다고 제안하셨다. 그러나 가택 수색이 무엇을 의미하는지 정확하게 알지 못했던 아버지는 승낙하지 않으셨다. 나라에서 전쟁을 벌일 만한 동기도 없고, 군인들이 죄 없는 사람들을 해칠 리가 없다고 믿으셨다. 그들에게 맞서지 말고, 그들이 가져가고 싶어 하는 것을 죄다 내어 주라고 하셨다. 그리고 어떤 이유가 있어서 우리 임금이 군인들을 직접 이곳으로 보냈을 거라고 말씀하셨다. 그날 가까스로 마음을 진정하신 어머니는 망설임 끝에 나에게 다음 날부터 절대로 집을 나가서는 안 되며 그날 밤부터 예전에 지냈던, 안채에 있는 동쪽 별채에서 잠을 자라고 이르셨다. 나는 아버지 덕에 마음이 놓이고 더 이상 두렵지도 않았지만, 기꺼이 어머니가 시키시는 대로 따랐다. 다음 날 오후, 완전 무장한 군인 네 명이 우리 집으로 쳐들어왔다. 그들은 뜰을 가로질러 다니면서 방이며, 다락방이며, 곳간을 뒤졌다. 아버지가 예상하셨던 대로 그들은 우리를 괴롭히지도 않았고, 또 뭔가를 가져가지도 않고 집을 떠났다. 그러자 모두 안도했고, 나는 다시 학교에 가도 되었다. 다만 군인들의 눈을 피해 이곳저곳으로 도망을 다녀야 했던 어진이 누나는 한동안 혼란스런 상태에 빠져 있었다.

가택 수색은 더욱 빈번해졌다. 그것은 거의 매일, 심지어는 하루에 두 번씩 반복되기도 했다. 군인들은 아침 일찍 나타나기도 했고, 언젠가는 저녁 무렵 갑작스럽게 안채로 쳐들어오는 바람에 여자들이 놀라 달아나기도 했다. 때를 맞추어 흉흉한 소문이 떠돌았다. 우리 마을 사람들은 물론이고 농부들이며, 사냥꾼들이며, 심지어는 젊은 청년들이 근처 산속 이곳저곳에 모여 일본인들의 침략에 대항해 싸우고 있다는 것이었다. 그들은 새 시대에 대해서는 알고 싶어 하지 않았지만 일본인들의 음흉한 의도를 알아채고 있었다. 군인들은 우리 마을에 무기들을 저장해 놓았을 거라 짐작하고 계속해서 가택 수색을 하고 있었던 것이다.

아버지는 처음에는 이런 이야기가 그저 헛소문이려니 하셨다. 그러다가 점점 더 많은 일본 군대가 전투를 위해 중무장을 하고 북문으로 서문으로 가로질러 다니는 것을 지켜보시면서, 아버지는 그것이 소문이 아닐지도 모른다고 여기게 되셨다.

일본군들은 군가를 부르며 행군해 가더니, 전투를 마치고는 다시 군가를 부르면서 시내로 되돌아왔다. 그들 뒤로 포로들이 끌려 왔다. 끔찍한 광경이었다. 우리 마을의 농민들이 피가 나도록 얻어맞은 채로 단단히 포박되어 끌려가고 있었다. 그들의 얼굴은 누군지 알아볼 수 없을 정도로 심하게 두들겨 맞아 아주 참혹했다. 나는 여태까지 포박된 사람을 본 적도 없었고, 피를 흘릴 정도 심하게 얻어맞은 사람을 본 적도 없었다. 몸이 부르르

떨리고, 식은땀이 얼굴 위로 흘러내렸다. 집으로 돌아가는 길 내내 나는 열이 났다.

어머니는 나를 학교에서 꺼내 와 평화로운 시골 마을에라도 보내자고 하셨다. 내가 아직 연약한 아이이고, 그런 끔찍한 광경에 상처를 입게 내버려 두어서는 안 된다는 것이었다. 아버지는 오랫동안 어머니와 이야기를 나누셨지만, 끝내 승낙하지 않으셨다. 아버지는 하인 방 씨와 마름을 우리 땅을 소작하는 농부들에게 보내, 일본인들에게 맞서는 어리석은 짓을 하지 말라고 당부하셨다. 그리고 내게는 행군하는 일본 군대를 절대 쳐다보지 말라고 하셨다. 아버지는 제대로 못 배운 아이들이나 그들을 직접 보고 싶어 하는 호기심 따위를 갖는 것이라고 말씀하셨다.

전투는 더 잦아졌고, 격렬해졌다. 겨울 내내, 그리고 봄이 되도록까지 포로들이 시내로 끌려 나왔다.

그들 가운데는 종종 여자들도 있었다.

장마로 접어든 여름이 되어서야 마을이 비로소 잠잠해졌다. 가택 수색도 완전히 중단되었다. 아침부터 저녁까지 장맛비가 소리 없이 부슬부슬 내렸다.

어느 날 저녁, 기섭이 나를 찾아왔다. 그는 창백하고 말라 보였다.

"너 들었니?"

그가 내게 물었다.

"아니, 무슨 일이야?"

그는 한동안 아무 말이 없었다.

"내 생각에, 우리가 속은 것 같아."

그가 말했다.

"우리나라가 강제로 합병당했대."

"일본한테?"

"그래, 일본한테."

"어디에 그렇게 쓰여 있는데?"

"시간 있으면, 나중에 남문으로 가서 포고문을 읽어 봐. 거기 군인 한 명이 서 있으니까 조심하고. 욕을 한다거나 포고문을 찢으면 안 돼!"

저녁을 먹고 구월이를 데리고 남문으로 갔다. 정말 큼직한 종이에 필사된 포고문이 남문에 걸려 있었고, 두 개의 커다란 남포등이 그것을 비추고 있었다. 주변은 쥐 죽은 듯 조용했다. 성문이 있는 곳에도, 큰길에도 아무도 보이지 않았다. 두 개의 불빛만이 어둠 속에서 불꽃을 파닥이고 있었고, 무장한 병사 하나가 포고문 옆에서 꼼짝도 않고 서 있을 뿐이었다. 나는 조심스럽게 벽보가 있는 데로 다가갔다. 임금의 국새가 날인되어 있는 것이 보였다.

그랬다. 그것은 내 생애에 처음이자 마지막으로 읽게 된 임금님의 편지였다. 그것은 오백여 년 동안 우리를 지켜 주었던 왕조의 작별 편지였던 까닭에 엄숙하면서도 슬픈 기분이 들었다. 다 읽고 나자, 구월이가 다가와 내 손을 잡고 나를 성문 밖으로 데리고 나갔다.

"거기에 뭐라고 쓰여 있는데?"

그녀가 내게 물었다. 그녀는 글을 읽을 줄 몰랐다.

"우리 임금님이 물러나셨대!"

"영원히?"

"그래, 영원히."

"왜 물러나신 거야?"

"몰라."

집으로 돌아와 나는 아버지께 포고문의 내용을 자세히 설명해 드렸다.

아버지는 말없이, 가만히 듣고만 계셨다.

"우리에게 더 나쁜 일이 닥치게 된 걸까요?"

나는 아버지께 여쭈었다.

아버지는 나를 쳐다보실 뿐, 아무 말도 하지 않으셨다.

집안사람들 모두 침묵했다. 바깥채의 남자들도, 어머니와 누이들도 모두 말이 없었다.

부모님과 순옥 아저씨는 술병을 옆에 두고 밤늦도록 모여 앉아 마지막 왕조의 임금에 대해 이야기를 나누었다. 아버지는 결국 왕실이 우리를 보호해 주기에는 너무 나약해진 것이라고 판단하셨다. 그러니 새로운 왕조가 나타나 우리를 다시 다스릴 때까지 조용히 기다려야 한다고 말씀하셨다. 내게는 세상일 걱정하지 말고, 그저 묵묵히 학교만 잘 다니라고 하셨다.

그해 가을, 마을의 성벽과 성문, 그리고 옛 관청들이 무너지고, 좁은 도로가 넓혀지기 시작했다. 시전들이 헐리고, 집과 뜰은 토막이 났다. 들춰 버린 구들장들이 쓰레기더미 밖으로 널부려져 있었고, 예전의 도로들은 완전히 변해 버렸으므로 나와 학우들은 학교와 집을 오가는 길을 힘들게 뚫고 지나다녀야 했다. 사람들은 낮이고 밤이고 일만 했다. 사방에서 두들겨 대고, 망치질을 해대고, 톱질을 해대는 바람에 여기저기서 먼지가 소용돌이쳤다. 사람들은 고함을 지르고, 명령을 하고, 욕을 해대고, 싸움질을 했다.

나는 집으로 돌아와 대문을 잠그고서야 비로소 마음을 놓을 수 있었다. 우리 집 바깥채도 소란스러워졌다. 쉼 없이 사람들이 드나들었다. 행상인들이며 거지들이 늘어났다. 쫓겨난 소작농들이며, 파면당한 관리들이며, 피난민들이며, 이곳저곳을 떠돌아다니는 부랑자들이 집에서 유숙하게 해 달라고 간청했다. 순옥 아저씨는 그들에게 이곳에는 당분간만 묵은 다음, 다시 길을 떠나야 한다고 했다. 그는 이 집은 겉으로 보이는 것만큼 부유하지 않으니 더 좋은 데로 가서 행운을 찾아보라고 누차 말했다. 매섭게도 쌀쌀했던 겨울이 그렇게 지나갔다. 점점 더 많은 거지들과 피난민들이 찾아와 행랑채는 꽉 차 버렸다. 순옥 아저씨는 집 앞에 앉아서 욕을 해대며, 저주를 퍼부었다.

"오, 이 망할 놈의 세월, 이 망할 놈의 세상!"

그래도 샘뜰은 여전히 조용했다. 그랬다. 어쩌면 그 어느 때보다도 더 고요했다.

아버지는 하루 종일 수없이 많은 새 규칙들과 새로운 세금을 놓고 통역의 도움을 받아가면서 침략군의 관리들과 담판을 벌여야 했다. 그 때문에 너무 지치신 나머지 초저녁부터 잠자리에 드시어 나는 아버지와 긴 대화를 나눌 수 없었다. 내가 학교에 대해 이야기할 때에도, 아버지는 잠깐만 귀 기울이시고는 이제 쉬어야 하니 내게 불을 끄고 잠자리에 들라고 하셨다. 아버지는 곧잘 내 이야기를 중단시키며 말씀하셨다.

"이제 그만하면 됐다. 잠깐 산책이나 하려무나. 나중에 다시 오너라."

나는 아버지를 귀찮게 한다는 느낌이 들어, 그냥 묵묵히 있었다. 그렇다고 산책하기는 싫었다. 밤에는 파괴된 채로 서 있는 성벽이며 덮개가 벗겨진 성탑이 이루 말할 수 없는 비애감과 공포감을 불러일으켰다. 차라리 집에 있는 것이 더 나았다. 아버지 곁에 있으면 어쩐지 보호를 받는다는 느낌이 들었기 때문이었다. 나는 아버지의 핏줄이니 아버지는 틀림없이 나를 지켜 주실 것이었다.

여름이 되었다. 몹시 뜨거운 어느 날 오후, 아버지가 내게 옥계천에 가서 시원하게 목욕하지 않겠느냐고 물으셨다. 나는 흔쾌히 그러겠다고 했다. 옥계천은 수많은 고목들로 울창한 고즈넉한 계곡에 위치한 아름다운 시내였다. 서당에 다닐 때까지만 해도, 나는 그 고목들의 그늘 속에서 어린 시절을 보냈다.

구월이가 술과 과일을 담은 작은 소반과 돗자리를 들고 나오는 동안, 나는 바둑판을 들고 아버지를 따라 나섰다. 마을을 벗어난 우리는 시냇가로 나 있고 낯익은 옛 오솔길로 접어들었다. 그리고 천천히 계곡을 지나, 오래된 정자가 있는 산정까지 올라갔다. 구월이는 그곳에 자리를 차려 놓고 돌아갔다.

내가 바둑판을 바로 세워 놓고 검은 돌로 열 점을 먼저 두고 있는 동안 아버지는 주변을 둘러보셨다.

"이 풍진 세월 속에서도 여기는 변한 게 없구나!"

아버지는 미소를 지어 보였다.

"넌 이곳이 별천지라는 느낌이 들지 않느냐?"

"네, 그래요, 아버지."

옥계천에는 인간들의 소음 따윈 없었다.

나무 꼭대기에선 매미들만이 맴맴 울어대고, 계곡에선 시냇물이 재잘거릴 뿐이었다. 초록의 그늘 속에는 고요함이 깃들어 있었고, 때때로 신선한 산바람이 우리를 스치고 지나갔다. 나는 아버지에게 술을 따라 드렸다.

"천수를 누리세요!"

나는 기녀들의 상투적인 말을 흉내 내어 말했다.

아버지는 미소를 지어 보이셨다.

"시조를 불러 본 적이 있느냐?"

"아니요, 어떻게 하는 거죠?"

"한번 해 보렴!"

아버지는 「부드러운 남풍의」라는 노래를 부르셨다. 그것은 이름난 기녀들만이 부른다는 권주가로, 어려운 옛 노래였다. 나는 물끄러미 아버지를 바라보았다. 아버지가 그렇게 아름다운 옛 노래를 부르실 수 있다는 것을 지금껏 전혀 모르고 있었기 때문이었다. 나는 아버지를 따라 할 용기가 나지 않았다.

아버지는 바둑판을 응시하시고는 못마땅해하며 물으셨다.

"아직도 선점을 열이나 두고 있느냐?"

나는 멈칫하며 두 점을 물리고, 안벽에만 내 검은 돌을 놓아 두었다. 그런데 아버지는 두 점을 더 덜어내셨다.

"이 늙은 아버지를 여섯 개의 선점으로도 물리칠 수 있어야지!"

아버지는 웃으시며 첫 번째 바둑돌을 두셨다.

나는 당연히 첫 판을 잃고 말았다.

"그럼, 자 여덟 점으로 하자!"

나는 또 잃었다.

아버지가 측은하게 나를 쳐다보셨다.

"그새 많이 잊어버렸구나. 좋든 싫든 두 점을 더 선점해 두어야겠다."

"전 아무래도 괜찮아요!"

나는 다시 열 점을 선점으로 하여 바둑을 두었다.

"이제 바둑은 그만두자!"

내가 계속해서 돌을 틀린 자리에 두고 있다는 것을 알아채신 아버지께서 불현듯 말씀하셨다.

"옷 벗고 물에나 들어가자꾸나."

나는 아버지를 실망시킨 것 같아 우울해졌다.

"호랑이도 개에게 물릴 수 있다는 사실을 염두에 두십시오!"

아버지를 위로하려고 나는 너스레를 떨었다.

"잘 알았으니, 이리 와서 한번 널 보여 보거라! 내 앞에 똑바로 서 보거라. 아버지 앞에선 부끄러워할 필요 없어."

아버지는 내 몸 전체를 훑어보았다.

"너무 말랐구나."

아버지는 근심에 가득 차서 말씀을 이으셨다.

"몇 살이냐?"

"열세 살요."

"그래! 물속에는 천천히 들어가거라. 여긴 특히 물이 차단다."

아버지는 술을 드시면서 내가 서툴게 이 바위에서 저 바위로 건너다니는 것을 지켜보셨다.

그러다가 아버지도 직접 물속으로 들어오셨다. 아버지는 조심스럽게 크고 널따란 바위 밑에 앉아서는 어깨 위에 물을 찰싹찰싹거렸다. 그런데 십 분도 채 되지 않아, 황급히 물 밖으로 빠져나오시더니 몸을 홱 밀치며 모래 위에 드러누우셨다. 죽은 듯 창백하셨고, 온몸을 떠셨다. 나는 아버지가 추우실 것이라는 생각에 재빨리 수건을 가져다가 물을 닦아 드렸다.

아버지는 점차 얼굴색이 돌아왔고, 몸을 일으켜 세우셨다.

"어찌된 일이에요, 아버지?"

내가 여쭈었다.

"아무 일도 아니야. 아무렇지 않아. 옷을 갖다 다오!"

우리는 옷을 입었다. 그래도 아버지는 여전히 온몸을 부들부들 떠셨다.

아버지가 내게 말씀하셨다.

"두려워 말거라, 난 오래 살 테니. 네가 아름다운 아내를 맞아 내게 손자를 선물해 줄 때까지 오래도록 살 거다."

그러나 모든 즐거움이 사라져 버렸다.

"아버지, 집으로 가요!"

"아니다."

아버지가 웃으며 말씀하셨다.

"보거라, 다시 좋아졌잖니. 아름다운 자연 속에서 좀 더 머물자꾸나!"

아버지는 산들을 바라보셨다. 그 위로 석양의 빛살이 떨어지고 있을 뿐이었다. 산정에는 벌써 그늘이 드리워졌고, 계곡에선 서늘한 한 줄기 미풍이 불어왔다.

"한 번 더 바둑을 둘까?"

"아니요, 제발 집으로 가요."

다행히 구월이가 때를 맞추어 우리를 데리러 왔다.

"이 시내에서는 땅의 힘이 쉼 없이 용솟음치고 있단다."

돌아오는 길에 아버지가 내게 말씀하셨다.

"여기로 다시 목욕하러 올 때는 반드시 조심해야 한다!"

아버지는 가까스로 문지방을 넘어서시자마자, 두 번째 발작을 일으키셨다.

사람들이 의식을 잃은 아버지를 안방으로 옮겼다.

나는 저녁 내내 정신없이 이 의원 저 의원을 찾아다녔다.

자정이 조금 지났을 때, 어머니가 나를 부르시어 아버지 왼편에 나를 꿇어앉힌 뒤 아버지의 손을 내 손에 포개셨다. 어머니는 아버지의 오른손을 잡고 기도하기 시작했다. 모든 사람들이 함께 기도했다. 그동안 구월이는 병상에서 문턱까지 길고 하얀 천으로 아버지의 영혼을 위한 길을 마련하고 있었다.

상복기

누이 어진이 조용해졌다. 예전처럼 말을 자주 하지도 않았다. 아버지의 죽음이 그녀를 변하게 한 것 같았다. 어진은 안채에서 묵묵히 자기 일에만 골몰했다. 아버지가 살아계실 때는, 남자들 근처에 얼씬해선 안 된다는 어머니의 훈계에도 불구하고 매일 같이 드나들던 사랑채에 이제 거의 발을 들여놓지 않았다. 어진은 가을이 되어 출행이 잦으셨던 어머니를 대신해야 할 때만, 늦은 밤 모든 것이 잘 정돈되어 있는지를 살피기 위해서만 내 방으로 건너왔다. 그녀는 아주 잠깐 동안 내가 어떻게 표시하고 또 쓰는지를 구경할 뿐, 그 표시가 무슨 의미인지를 물어보지도 않았고 글씨가 틀렸다고 책망하지도 않았다. '늦지 않게 잠자리에 들어라.'고 말하면서 부드러운 목소리로 덧붙였다.

"어머니가 그러길 원하셔."

나는 종종 한밤중까지 책을 읽곤 했다. 공부가 이전보다 어려워졌고, 또 시간도 많이 걸렸다. 우리는 아주 많은 일본어를 배워야 했고, 모든 과목의 교과서는 일본어로 대체되었다. 우리는 완전히 다르게 쓰인 역사를 배워야 했다. 자주 국가 조선 시대에 일어났던 사건들은 모두 삭제되었다. 조선 민족은 더 이상 독립적인 역사를 지닌 민족이 아니었고, 오직 이전부터 일본 제국에 조공을 바쳐야 했던 변방 민족들 중 하나가 되었다. 지리와 자연 과학과 같은 다른 과목들도 공부하기 어렵기는 마찬가지였다. 수많은 개념과 표현과 교재의 배열이 달라졌기 때문이었다. 이 과목들은 일본어 수업을 위해 단축 수업을 했다. 이 과목들을 배울 시간이 없다는 것이 이유였다. 선생들은 내용을 자세히 설명해 주지도 않았고, 책에 있는 대로 한번 스치듯 훑어 읽어 주는 것이 고작이었다. 나머지는 몽땅 학생들에게 떠맡겨졌다.

학우들 중에서 기섭이 종종 나를 찾아와, 잠깐 이야기를 나누면서 내가 공부하는 것을 도와주었다. 그는 병치레를 자주 했고, 몇 주일 동안 결석을 하기도 했다. 그래도 기섭이 항상 우리 반에서 우등생이었고, 언제라도 내 수학 공부를 도와줄 준비가 되어 있었다. 기섭은 내 옆에 앉아서 내가 어떻게 문제를 푸는지

지켜보았다. 내가 틀리기라도 하면 그는 말없이 미소를 지으며, 군소리 없이 그것을 고쳐 주었다.

또한 매일 저녁, 용마가 잠깐 동안 우리 집에 다녀갔다. 그는 매번 학교에서 잘 이해하지 못한 것이 있었는지를 내게 물었다. 그는 우리들 가운데 가장 똑똑하고, 경험도 풍부했으며, 일본어를 제일 잘했기 때문에 나를 가장 많이 도와주었다. 용마는 어떤 질문들에도 정확하고 분명하게 대답해 주었다. 다만 그는 다른 친구들도 돕고, 또 자기 공부도 해야 했기에 곧장 되돌아갔다. 1년 전부터 교실에서 나와 같은 줄에 앉아서 친해지게 된 만수도 기꺼이 우리와 어울렸다. 그는 산책에 대한 이야기며 산속 시내에 있는 목욕하기 좋은 장소에 대한 이야기며, 우리 마을 근처에서 새롭게 찾아낸 암자와 탑에 대해 이야기를 했다. 만수는 무엇이든 쉽게 배웠고, 자연 과학에서는 나보다 훨씬 빨리, 또 많은 것들을 이해했기 때문에 종종 나를 도와주곤 했다. 그러나 모든 친구들의 도움에도 불구하고, 나는 다른 친구들을 따라가기 위해서 더 많이 공부를 해야 했다. 너무 오랫동안 서당에 다녀서인지, 아니면 아직 신학문으로 사고하는 것이 익숙지 않아서인지 그 까닭을 알 수 없었다. 원자와 이온, 에너지 같은 개념들이 너무 불분명해서 도무지 이해할 수가 없었다. 게다가 너무도 어렵기만 한 대수학이 나타났다. 나는 방정식이 어떤 개념인지 이해할 수 없었고, 대수학이 무슨 의미인지도 이해할 수 없었다. 만수와 기섭도 그것에 대해서는 설명해 주지 못했다. 용마조차도 그 방식이 나중에 고등 물리학을 공부할 때 적용될 것이라는 것 말고는 달리 아는 것이 없었다. 나는 종종 한밤중까지 혼자서 골똘히 생각하고 생각했다. 늦게까지 졸음과 싸우면서 책을 읽고 앉아 있으면, 어머니가 내게 오셔서 내가 쥐고 있던 연필을 손에서 살며시 빼내기도 하시고, 책과 공책을 한데 모아놓고는 그만 잠을 자라고도 하셨다. 그러나 내가 계속 공부를 해야 한다고 하면, 어머니는 짧게 말씀하셨다.

"그럴 필요 없다. 내 말대로 하거라."

어느 날 밤이었다. 내가 잠자리에 든 다음에도 어머니는 한동안 내 곁에 앉아 계셨다.

"공부할 때 제일 어려운 게 뭐니?"

어머니께서 내게 물으셨다.

"전부 다요."

내가 중얼거렸다.

"수학, 물리학, 화학, 이 모든 것들을 잘 모르겠어요."

"슬퍼하지 마라."

한참을 가만히 계시더니, 어머니께서 말씀하셨다.

"네가 그 학교에 특별히 재능이 없더라도 말이야. 우리에게 낯설기만 한 그 신식 문화는 어차피 내게 맞지 않으니까. 지난 시절을 떠올려 보렴! 네가 얼마나 고전 문학과 시를 쉽게 익혔 었는지를 말이야. 넌 총명한 아이다. 너를 고통스럽게 하는 그 신식 학교를 박차고 나오너라. 그리고 올가을에는 소작땅이 있 는 송림 마을로 가서 쉬렴. 그곳은 가장 작은 땅이지만, 내겐 가 장 소중한 땅이란다. 그곳에는 밤나무와 감나무가 자라고 있지. 거기에서 푹 쉬도록 해라. 그리고 농가에서 하는 일들을 익히도 록 해라. 불안하기만 한 이곳 도시보다는 한적한 마을에서 너는 더 잘 성숙해질 게야. 너는 오래된 옛 시대의 아이니까!"

어머니의 말씀에 나는 슬펐다. 우리를 보다 높은 문화로 이 끌어 줄 것이라고 아버지가 나를 인도해 주셨던 이 신식 학문에 내가 소질이 없다는 것이 정말 두려웠다.

4년이 넘도록 열심히 공부를 했는데 재능이 없어서 그만둔다 는 것이 나를 몹시 슬프게 했다.

"그렇게 할 거지?"

내가 말없이 누워만 있자, 어머니가 내게 물으셨다.

"네, 어머니. 어머니가 원하시는 대로 할게요."

나는 낙담하여 말했다.

"기특한 내 아들!"

그렇게 말씀하시고 어머니는 방을 나가셨다.

송림 마을에서

송림 마을은 굴 바위가 많은 해안가 입구에서 외따로이 떨어진 한 포구에 위치해 있었다. 그 뒤로 깊숙이 굽어진 해변에 초가지붕의 농가 이십여 채가 늘어서 있었다. 언덕 뒤편 밭에서 소작농과 그 아낙들이 일을 하고 있는 낮 동안에는 마을에서 사람을 볼 수 없었다. 그들은 보리며, 밀이며, 기장을 차례차례 수확하고 있었다. 나는 이 밭 저 밭을 돌아다니며 사람들이 어떻게 곡식을 베고 또 어떻게 단을 묶고, 또 그것들을 어떻게 소달구지로 끌어서 집으로 가는지를 지켜보았다. 저녁 무렵이 되어서야 나는 소작 관리인의 집 문간방에 있는 내 숙소로 돌아왔다. 흙벽으로 된 소박한 방이었으며, 구석에는 생나무로 된 작은 책상 하나가 달랑 놓여 있었다. 마을에서 활기가 넘치는 시간은 잠시 동안이었다. 사방에서 소들이 음매 하고 울어댔고, 갯벌에서 놀고 있던 아이들은 밥 먹으라는 어머니들의 부름에 모두 집으로 돌아갔다. 그리고 얼마 후, 마을 전체가 잠이 든 것처럼 고요해졌다. 소작 관리인 아저씨만 한동안 내 숙소에 머물면서 함께 이야기를 나누었다. 아저씨는 내게 방에서 제일 따뜻한 아랫목을 내어주며 푹 쉬라고 하셨다. 당신 자신은 등불 앞에 바짝 붙어 앉아, 새끼를 꼬셨다.

아저씨는 가을에 초가지붕을 새로 하려면 그 새끼가 필요하다고 하셨다. 등잔으로 말간 식물 기름과 아주 약하게 불꽃이 일어나는 심지를 종지에 담아서 사용했다. 나는 짚이 바스락대는 단조로운 소리와 방바닥의 따스한 온기 탓에 나도 모르게 잠이 들곤 했다. 깨어나 보면 불은 꺼져 있었고, 돌다리 아저씨-내가 그렇게 불렀다-도 가시고 없었다. 집도 마을도 죽은 듯이 고요했다. 밤바다의 물결만이 철썩철썩 소리를 내며 포구에서 부서지고 있었다. 딱히 수확할 것이 없는 날에는 나는 구경하는 일을 잠시 접어 두고 낚시를 하러 갔다. 낚시질은 단조로운 밭농사 일에서 벗어나 기분을 전환하기에 아주 좋았다. 바구니와 낚싯대를 들고 해안을 따라 굴 바위들이 있는 포구의 입구까지 걸어갔다. 썰물 때에도 바닷물이 휘감돌며 굴 바위를 적셨다. 나는 바위 위에 앉아서 밀물이 다시 밀려올 때까지 아무런 방해도 받지 않고 낚시를 할 수 있었다. 돌다리 아저씨는 불어나는 밀물에 휩쓸려 가지 않으려면, 항상 바위에서 내려와 해안가로 가야 한다고 매번 자세히 일러주셨다. 나는 혼자 그곳에 앉아, 종일토록 낚시질을 했다. 대부분은 '공미리'라고 하는 물고기가 낚였다. 그것은 겨우 손가락 두께만 했고, 맛도 별로 없었다. 질 좋은 고기는 좀체 잡히지 않았다. 소작농들이 최고로 치는 도미는 가을 내내 단 한 마리도 보지도 못했다.

그럼에도 하릴없이 나는 매일 그곳으로 갔고, 바위 위에 끈덕지게 앉아 있었다. 단지 낚시 때문만은 아니었다. 너무도 기분 좋게 해 주는 광활한 바다 전경 때문이었다. 여기에 나와 앉아 있으면 나는 단지 좁은 포구에 있는 것이 아니었다. 바로 내 앞에는 끝없는 바다가 펼쳐져 있었다. 바다와 하늘이 수평선에서 맞물려 넘나드는 것이 보였다. 서쪽으로는 바위가 많은 연평도가 청명한 가을 하늘에 홀로 서 있었고, 북쪽으로는 나지막이 연결되어 있는 언덕들을 빙 둘러서 좁다란 모래 언덕 하나가 저 멀리로 뻗어 있었다. 어디에도 배는 한 척도 보이지 않고, 그저 이따금씩, 서늘한 한 줄기 미풍이 젖은 굴 바위를 휘감아 불 뿐이었다.

소작농들은 집집마다 낚시를 위한 좋은 도구를 갖고 있었지만, 결코 낚시를 하지는 않았다. 그들은 포구 밖 멀리에 있는 이른바 '큰 고랑' 근처에 그물을 쳐서 고기를 잡았다. 잡힌 것들은 작은 공미리 따위가 아닌 가자미며, 넙치며, 도미며, 길고 흰 갈치 같이 높이 쳐주는 큰 물고기들이었다. 나는 어떻게 그물로 물고기를 잡고, 또 어떻게 그물을 치는지를 아직 본 적이 없었다. 그래서 사람들이 그물을 놓으러 같이 가자고 했을 때 흔쾌히 따라나섰다. 그들이 밤 썰물 때를 골랐다고 해서 처음에는 마음이 편치 않았다. 그러나 제일 질 좋은 물고기들은 밤이 되어서야 그물에 걸려든다는 사실을 알게 되었다.

달빛이 없어 모래톱은 더욱 어두웠다. 우리는 종종 에는 듯 차갑고 얕은 물속을 지나가야 했다. 맑은 하늘에는 셀 수 없이 많은 별들이 내리비추고 있었다. 그 빛을 통해 바다 밑이 천천히 환해졌다. 주변은 아직 어두웠지만, 점차 시간이 지나면서 나는 미역이며 여기저기 기어 다니는 게들을 분간할 수 있게 되었다. 이맘때쯤이면 물이 바다 쪽으로 계속 흘러 들어가는 좁은 도랑들을 수없이 가로 질러가야 했다. 한참을 걸어서 마침내 큰 고랑에 이르렀다. 거대한 조류로 엄청난 양의 물이 큰 고랑으로 흘러들어와 있었다. 바로 그 옆으로 병풍을 드리우듯 말발굽 모양으로 그물이 펼쳐졌다. 이윽고 여기저기서 팔뚝 만한 크기의 물고기들이 그물을 뛰어넘으려고 파닥파닥 솟아올랐지만, 소용

없었다.

조수가 점점 얕아지면 얕아질수록 물고기들은 강하게 짓눌려 오는 자신들의 운명에서 필사적으로 벗어나려고 했다. 물고기들은 마구 뒤엉켜 미친 듯 날뛰며 연거푸 위로 솟구쳐 오르더니, 끝내 물기 없는 바닥에 속절없이 널브러져, 밤하늘 아래서 은빛으로 반짝거리고 있었다. 우리는 재빨리 물고기들을 바구니에 주워 담아 집으로 향했다. 부서지는 파도 소리가 저 멀리로 밀려가 버렸기 때문에 모래밭에는 깊은 정적이 감돌았다. 어디선가 사람들의 나지막한 목소리가 들려왔다. 그저 물고기를 잡아 돌아가는 사람들의 목소리이었을 테지만, 어디에서도 그들은 보이지 않았다. 밤이 너무 아름답고 고요했기 때문에 사람들은 물에 빠져 죽은 귀신들이 이리저리 배회하면서 속삭이는 것이라고 믿기도 했다.

화창한 가을 날씨가 계속되었다. 이른 아침부터 늦은 저녁까지 사람들은 곡식을 타작했다.

콩, 팥, 메밀, 무를 수확했고 맨 마지막으로 벼를 거두어들였다. 곡식들은 키로 까불려져 죽정이가 제거되었고, 스무 말씩 가마니에 담겨졌다. 소작 관리인 아저씨는 나를 농가 이 집 저 집으로 데리고 다니면서 작업 과정이며, 여러 곡식 종류들의 품질을 구별하는 것에 대해 자세히 설명해 주셨다.

돌다리 아저씨는 내가 이 마을에서 외로운 마음이 들지 않게 하려고 몹시 애를 쓰셨다. 그는 내가 저녁 시간에 딱히 소일거리가 없다는 것을 알아채고는, 뭐라도 읽게 하려고 필사본 책 몇 권을 내 방에다 갖다 놓기도 하셨다. 작은 묶음으로 된 낡은 시집 한 권과 이야기 책 한 권, 두꺼운 소설 두 권이었다. 모든 책들에는 진한 갈색으로 기름을 먹인 종이들이 심하게 마모되어 있었기 때문에 희미한 불빛에서 작은 글자들은 거의 알아볼 수 없을 정도였다.

"이곳에서 지내는 게 너무 적막하지?"

한번은 어느 소작농의 집을 다녀오면서 아저씨가 내게 말씀하셨다.

"지금껏 도시에서만 살았으니. 그러나 한번 생각해 보렴. 옛날에도 많은 선비들이 세상이 어지러워졌을 때 산속으로 물러나 있지 않았더냐. 밤에 다시 붓을 잡기 위해서라도 낮 동안에는 쟁기를 들었지. 왜놈들이 사라지고, 좋은 옛 시절이 돌아올 때까지, 너도 이 조용한 곳에서 지내는 거야."

소작과 아낙들은 새 왕조가 나타나기만 하면 좋았던 옛 시절로 다시 돌아가게 될 것이라고 굳게 믿고 있었다. 그러나 나는 그렇게 생각하지 않았다. 그럼에도 불구하고 그 생각에 반대하지는 않았다. 우리 민족을 위해 그보다 더 나은 미래는 떠오르지 않았기 때문이었다. 물론 아저씨와 아주머니라고 부르는 어른들에 맞선다는 것은 불손하다는 생각이 들기 때문이기도 했다. 지주 가족과 소작농 가족들이 서로 친척으로 여기고 그렇게 호칭을 부르는 것을 좋은 관습으로 여겨졌다. 수많은 아저씨들과 아주머니들을 구별할 수 있도록 그때그때 택호를 붙여 부르는 것이 특히 마음에 들었다. 어떤 이는 윗골 아저씨로, 또 그의 아내는 윗골 아주머니로 불렸고, 또 다른 어떤 이는 뒷섬 아저씨로, 또 그의 아내는 뒷섬 아주머니라고 불렸다. 소작농들은 대개 나를 '도회지에서 온 조카'라고 불렀고, 나를 진짜 조카처럼 대해 주었다. 돌다리 아저씨는 그런 풍습은 좋은 것이고, 그것을 통해 소작농들은 지주 집안에 속한다고 느끼게 되는 것이라고 내게 설명해 주셨다. 그는 지주 집안은 모두 함께 일구어 낸 큰 일가의 가장일 뿐이며, 그 때문에 다른 사람들보다 더 부유할 수 있는 것이라고 했다.

가을이 지나고, 어느덧 눈이 내리기 시작했다. 낮에도 밤에도 포구 위로, 들판 위로, 길 위로 커다란 눈송이가 하얗게 흩날렸다. 수확을 끝내고 고사를 지낸 후 곳간은 커다란 자물쇠로 잠겼다. 지붕은 새 짚으로 덮이고, 창문은 새 한지가 발렸다. 이제 사람들은 따뜻한 방에 앉아서 손일을 하기만 하면 되었다. 남정네들은 새끼를 꼬고, 자리를 짜고, 그물을 깁고, 짚신을 삼았다. 아낙들은 실을 잣고, 베를 짰다. 아이들은 마을 훈장에게 보내졌다. 그 훈장도 농부였는데, 겨울에만 아이들을 모아 놓고 쓰기와 읽기를 가르쳤다.

저녁때면, 때때로 이웃 농부들이 소일거리를 가지고 모였다. 그들은 잡담을 나누기도 하고, 사람들이 번갈아 가며 읽어 주는 소설을 함께 경청하기도 했다. 대부분은 고전 소설이었는데, 그 속에서 주인공은 죄도 없이 박해를 받았다. 소설은 모함을 받아 쫓겨난 주인공이 고향을 떠나 이곳저곳을 방황하면서 추위와 굶주림으로 고통받다가 마침내 현명한 은둔자를 만나 구원을 받게 되며, 나중에는 주인공 자신도 현자가 되어 왕의 부름을 받아 권력자가 되고 지혜롭고 아름다운 여자와 결혼해서 고향으로 돌아와 모든 사람들의 부러움을 받으며 행복하게 잘살았다는 내용이었다. 모든 소설은 그렇게 시작해서 그렇게 끝났다. 그래도 사람들은 읽고 또 읽었다. 그리고 새로운 사람이 읽어 줄 때마다, 꾹 참으며 듣고 있던 사람들이 착하고 죄 없는 주인공에게 닥친 불행한 운명에 대해서 매번 흥분했다. 사람들은 매우 엄숙하게, 또 노래를 부르는 방식으로 한 번은 높은 소리로, 또 한 번은 나지막한 소리로, 명랑했다가는 또다시 아주 슬프게 소설을 낭독했다. 흰 눈이 점점 더 수북이 쌓여 가고 밤이 점점 더 고요해지면서 낭독은 점점 더 감동으로 넘치고, 주인공에게 얼마나 큰 불행한 일이 일어났는지를 멀리서도 충분히 알아맞힐 수 있었다. 나는 종종 이야기가 들려오는 어떤 집 앞에 우두커니 서서 이야기를 엿듣곤 했다. 이야기가 어떻게 진행되는지를 알기 위해서가 아니라 우리 땅에 평화가 깃들어 있던, 근심 없는 내 어릴 적 시절을 떠올리게 하는 그 목소리를 듣기 위해서였다.

새해

    겨울 동안 나는 많은 생각을 하며 보냈다. 학교를 다니던 때 일이며, 학교 친구들, 그리고 그들이 내게 들려주었던 새로운 세계 유럽에 대한 온갖 이야기들을 생각하기도 하고, 어릴 적에 모아 두었던 그림들을 다시 꺼내어 보기도 했다. 신비로운 건물들과 성들은 너무 높아서 땅보다는 오히려 하늘에 속해 있었다. 눈보라를 맞으면서 포구를 따라 산책을 할 때면 저 멀리 서쪽으로 마치 그 건물들이 눈앞에 서 있는 것처럼 보이기도 했다. 그리고 그곳을 들락날락하는 명랑한 금발의 키 큰 사람들이 보이기도 했다. 그들은 세상 걱정도, 생존 투쟁도, 악덕도 알지 못했다. 그들은 그저 자연과 우주를 연구하고, 지혜의 길을 추구하고 있었다. 그곳에서 진정 새로운 문화의 교양인이 되고 싶다면, 그저 공부만 하면 되었다. 모든 것을 직접 볼 수 있고, 체험할 수 있고, 학자들의 가르침을 받을 수 있었다. 그 놀라운 세계에 대해 내가 들었던 이야기와 일화들이었다. 다시 이 온갖 아름다운 이야기와 일화들이 생생해지면서, 나는 어떻게 해야 그곳으로 갈 수 있을지를 궁리하기 시작했다.

눈이 그쳤다. 포구의 얼음장도 풀리고, 날씨도 따뜻해졌다.

어느 화창한 3월 오후, 나는 걸어서 이틀이나 걸리는 신막시장에 가려고 길을 나섰다. 기차들은 반드시 이 시장을 통과해서 지나가게 되어 있었다. 여기에서 기차를 타고 우리 마을의 북쪽 경계를 지나가서 서쪽으로 계속 가게 된다면, 마침내는 유럽에 도착할 것이 분명했다. 내가 알고 있는 것이라곤 우선은 그것이 전부였다. 기차가 어떻게 생겼는지, 또 어떻게 그것을 타는지, 외국에서는 어떤 언어로 의사소통을 해야 하는지, 유럽에서도 우리 돈이 통용되는지 나는 아무것도 아는 것이 없었다.

오후 내내 걸었다. 그러고는 달빛에 길이 잘 보여 밤새도록 걸었다. 이튿날에도 오후 내내 걸었다. 저녁 무렵이 되어서야, 넓은 평지에 있는 장터가 나타났다. 나는 멀리서도 우리 고향의 시내와는 다른 곳이라는 것을 알 수 있었다. 그곳은 소음도, 교

통수단도 많았다. 소리를 질러대는 인력거며, 따르릉 울려대는 자전거며, 클랙슨을 울려대는 자동차들이 걸어가는 사람들의 무리를 뚫고 달렸다. 큰길가에는 일본인들만 살고 있었는지 사방에서 그들이 달그락거리며 게다를 끄는 소리가 났다. 나는 무진 애를 쓰며, 좁은 거리의 인파를 뚫고 다른 편 끝에 있는 기차역까지 밀고 나왔다. 거기에서 나는, 만주행 열차가 내일 아침 일찍 이곳을 통과한다는 것을 알게 되었다.

다음 날 아침에 길을 찾아 헤매는 일이 없도록 나는 역 건물이며, 플랫폼이며, 출입구를 정확하게 머릿속에 새겨 두었다. 모든 것들이 생전 처음 보는 것들이었다. 그리고 오랫동안 찾아다닌 끝에 그곳에서 가장 후미진 곳에 있는 작은 여인숙 하나를 발견했다. 나는 거기서 묵기로 했다. 내 생애 처음으로 여인숙에서 밤을 보내게 된 것이다.

저녁 식사 후 내일 아침 시간에 일어나기 위해 일찍 잠자리에 누웠다. 지난밤 쉬지 않고 계속 걸어서인지 몹시 피곤했다. 그런데도 제대로 잠을 이룰 수 없었다. 다리가 쑤시고, 비몽사몽 중에 자꾸만 어머니가 보였다. 나는 어머니가 헛되이 나를 찾지 않도록 짤막한 작별 편지를 책상 위에 놓아두고 왔다. 그렇게 해야만 했다. 그녀는 틀림없이 나를 붙잡아 두고 절대 못 가게 했을 것이기 때문이었다. 편지를 써 두고 왔다는 생각 때문에 나는 오는 내내 안심이 되어서 어머니 생각은 거의 하지 않았다. 그런데 지금은 어머니가 내 앞에 계신 것처럼 여겨졌다. 겨우 잠에 들었다가도 곧 다시 깨고, 다시 잠들고, 또다시 깼다. 어머니가 나를 부르시는 것을 들은 것 같기도 하고, 편지를 들고 우두커니 슬프게 앉아 계신 것을 본 것 같기도 했다. 또 한번은 어머니가 나를 보려고 송림에 와서 며칠을 보내실 때, 두 손으로 내 얼굴을 감싸며 미소 지으시던 모습을 본 것도 같았다. 그렇게 밤이 지나갔다.

어린 시절 꿈을 꾸었다. 나는 우리 집 뒤뜰에 있는 멍석 위에 앉아, 어머니가 물들인 명주포를 빨랫줄에 널고 계신 것을 지켜보고 있었다. 뜰 위로 따뜻하게 볕이 들었다. 나는 어머니를 보고는 달려가서, 등 뒤에 서서 감싸 안으며 소리쳤다.

"알아맞혀 보세요, 어머니. 뒤에 누가 있게요?"

어머니는 명주포를 다 너시고는 내게로 몸을 돌려 나를 안아 드셨다.

"옳지, 이게 누구지?"

어머니가 웃으며 말씀하셨다. 그러고는 나를 어머니의 얼굴 위로 높이 들어 올리셨다.

"그래, 도대체 이게 누구람? 내 금지옥엽! 위대한 시인이 되려나, 아니면 위대한 화가가 되려나, 아니면 영웅이 되려나, 아니면 우리 고을 목사가 되려나?"

새벽녘에는 어머니가 비통하게 울고 계시고, 내가 그녀의 무릎에 머리를 베고 누워 있는 것을 본 것 같기도 했다. 나는 몹시 놀라며 속으로 말했다.

"아니에요, 어머니. 가지 않을게요!"

나는 어머니의 그런 모습을 딱 한 번 뵌 적이 있었다. 아버지를 묻고 산을 내려온 후, 사당 앞 움막 아래서 밤을 지새울 때였다.

다시 잠에서 깨었을 때 열이 나고 오한이 났다.

밖에는 날이 밝아오고 있었고, 벌판 위로 찬바람이 불었다. 그래도 하얗게 페인트칠을 한 기차역의 작은 대합실에는 환하게 불이 밝혀져 있었고, 사람들로 가득 차 있었다. 대개는 일본 남자들이고, 군인들과 그들의 부인들이었다. 그들은 빙 둘러서 있기도 하고, 서로 깊숙이 몸을 숙여 인사를 주고받기도 하고, 작별 인사를 하기도 하고, 서로 선물을 건네기도 했다. 점점 더 많은 사람들이 몰려들어, 그들이 인사 나누는 것을 방해했다. 마침내 조그만 창구가 열리고 기차표를 팔기 시작하자, 제복 입은 사람들이 계급 순서대로 창구 앞에 정렬했다. 민간 복색에 게다를 신은 사람들도 합세했다. 나는 맨 끝에 서 있다가 차례가 왔을 때, 만주의 수도로 가는 기차표 한 장을 샀다.

플랫폼 너머로 새벽 어스름이 재빨리 걷혔다. 얼음처럼 차가운 바람이 불어왔다. 마침내 기차가 우레와 같은 굉음을 내고, 칙칙 연기를 내뿜으며 다가왔다. 사람들이 차량으로 마구 달려가 문으로 몰려들었다. 이윽고 기차가 기적을 울리며 서둘러 다시 떠나가는데도, 나는 그대로 플랫폼에 서 있었다. 역무원이 내게 다가와서 왜 승차하지 않았느냐고 물었다. 내가 대답을 하지 않자, 그는 내 손에서 차표를 빼앗아 흘끗 그것을 살폈다.

"심양까지!"

역무원은 놀라 소리치며, 나를 꼼꼼히 뜯어보았다. 그러고 나서 나를 사무실로 데리고 가더니, 자기 동료에게 예상치 못한 이 돌발적인 사건에 대해 설명해 주었다. 나이 든 남자가 나를 미심쩍게 바라보면서 내 이름이며, 나이며, 직업에 대해 물었다.

그가 내게 물었다.

"네 부모님은 네가 심양에 가는 것을 허락하셨니?"

"아니요."

내가 말했다.

"그럴 거라고 생각했다."

나이 든 남자가 화를 내며 말했다.

"도대체 만주에서 뭘 하려고?"

"유럽으로 가려고요."

나는 머뭇거리다가 말했다.

그는 한참을 진지하게 내 얼굴을 들여다보았다.

"아, 그렇게나 멀리 가고 싶다는 말이지? 그럼 네 여권은 갖고 있니?"

"아니요, 그런 것은 생각해 보지 않았어요."

"그래. 그럼, 짐은 있느냐?"

"아니요."

"영어나 불어나 독일어를 할 줄 아느냐?"

"아니요, 아직 배우지 않았어요."

"돈을 얼마나 갖고 있느냐? 내게 보여 다오."

나는 갖고 있던 돈 전부를 책상 위에 올려놓았다.

그가 힐끔 그것을 보더니, 미소를 지었다.

"그래, 짐도 없고, 영어도 모르고, 여권도 없고, 고작 몇 푼 안 되는 돈으로 유럽에 가겠다는 것이냐?"

"네, 그랬어요."

그가 나를 쏘아보았다.

"그런데 어째서 기차를 타지 않은 거냐?"

나는 다시 묵묵히 있었다. 나를 데리고 왔던 젊은 역무원이 끼어들며, 내가 그것에 대해서는 아무 말도 하지 않았다고 했다.

"말해 봐라, 왜 기차를 타지 않은 것이냐?"

나이 지긋한 남자가 또다시 물었다.

"너무 소란스럽고 모두 아우성들이어서요."

내가 대답했다.

젊은 남자가 웃었다. 그는 조선 사람들한테서 여러 번 그런 말을 들은 적 있다고 했다.

"기차가 이 사람들에게는 너무 체면 없고, 또 너무 시끄럽고, 또 너무 빠른가 봅니다."

그가 아는 체하자, 모두 웃어댔다.

"그렇다고 당나귀를 타고 유럽에 갈 수는 없지 않느냐."

나이 든 남자가 말했다.

"그렇게 시끄러운데도 내일 또다시 유럽으로 가는 기차를 타려느냐?"

"모르겠어요."

우리의 대화는 그렇게 끊겼다. 역무원은 내 차표를 물러 돈으로 환전한 뒤 작은 꾸러미로 만들어 주면서 말했다.

"지금은 네 고향으로 돌아가서 공부를 계속하거라. 우리나라에 있는 학교들도 유럽에 있는 학교들만큼이나 좋단다. 네가 재능 있는 아이이거나, 학교에서 수석을 하거나, 아니면 그 정도로 좋은 성적으로 졸업하게 되면 서울로 가서 대학을 다닐 수도 있단다. 우리나라 대학들도 유럽 대학만큼 훌륭해. 서울에서는 어디에서든 새로운 문화를 발견할 수 있을 게다. 모든 공공건물들은 유럽식의 3층짜리 건물들이고, 심지어는 4층짜리로 지어진 것도 있지. 교수님들은 멋진 유럽식 복색을 입고 있단다. 서울에 가는 것도 꼭 부모님의 승낙을 받고 나서 가야 한다. 규정대로라면 집을 나온 아이들은 모두 체포해서 경찰을 통해 집으로 돌려보내도록 되어 있단다. 나쁜 아이 같아 보이지 않으니, 네 경우에는 예외로 하마. 돈을 갖고 집으로 돌아가거라! 돈은 아주 소중한 것이니, 조심하도록 해라!"

　나는 여인숙으로 돌아와 잠자리에 누웠다. 깨어났을 때는 벌써 늦은 오후가 되었다. 방에는 햇살이 들지 않아, 몹시 추웠다. 밖에서 거리의 소음이 들려왔다. 인력거꾼들이 소리를 지르고, 자전거가 따르릉 울려대고, 행상인들은 자기 물건들을 사라고 선전했다. 특히 이름난 일본의 생약 '은단'을 사라고 외치는 소리가 가장 시끄러웠다. 멀리서 기차 한 대가 기적을 울리더니, 곧 자욱하게 증기를 내뿜으며 역 앞에 멈추어 섰다. 사람들이 호명되고 지시가 내려졌다. 반대편에서 또 다른 기차가 오더니 귀가 먹먹해지도록 기적을 울렸다. 어디선가 순경이 어떤 사람들을 두들겨 패고 있는 소리가 들렸다. 맞은 사람이 신음 소리를 내면서, 용서해 달라고 했다. 포장도로 위에선 게다가 달그락대는 소리가 났고, 행군 음악이 연주되고 있었다.

나는 귀가를 서둘렀다.

가뭄

돌다리 아저씨는 내가 돌아온 것을 보고는 무슨 말을 해야 할지 몰라 안절부절못하셨다. 내 앞에 서서 한동안 아무 말없이 나를 쳐다만 보셨다. 돌다리 아저씨는 내가 어디에 있었는지 왜 다시 돌아왔는지 묻지 않으셨다.

"방으로 들어가거라!"

이윽고 짧게 말씀하셨다.

아주머니는 마치 딴 사람이라도 본 것처럼, 놀라서 휘둥그레진 눈으로 나를 쳐다보실 뿐이었다. 그리고 저녁 식사를 내 방으로 가져다주셨다. 늘 잘 보살펴 주셨던 아주머니를 다시 보니 나는 너무 기뻤다.

"아주머니, 저 다시 돌아왔어요."

아주머니는 대꾸도 하지 않고 방을 나가 버리셨다.

나는 사흘이나 넘도록 집을 떠나 있었다. 집으로 돌아오는 길은 떠날 때보다 더 오래 걸렸다. 끝없이 황톳길이 나 있었다. 나지막한 언덕들로 된 무미건조한 길을 지나니, 마침내 고향의 산줄기가 보였다. 소음이라곤 전혀 없는 조용하기만 한 마을로 다시 돌아온 것이었다. 어디에선가 암소 한 마리가 음매 하고 울고, 밀물이 굴 바위들을 휘돌며 부서졌다.

한밤중 창문을 열자, 부서지는 파도들로 송림만 전체가 해안 가까지 가득 차 있는 것이 보였다. 그저 나지막이 찰싹대며 부서지는 은빛 파도에 모래사장은 거의 드러나지 않았다. 어두운 언덕 앞 초가지붕들은 창백한 달빛 속에 잠들어 있었다. 나는 지난 며칠 동안에 겪은 것이 꿈인지, 아니면 이 마을이 꿈인지 도무지 분간할 수 없었다.

농부들은 고랑을 내서 씨를 뿌렸고, 지금은 모가 심어져 있었다. 아낙들은 집에서 타래실과 직물들을 하얗게 표백하고, 누에를 쳤다.

종달새들이 높이 날았고, 초롱꽃과 가시들장미가 피었다. 저 멀리 산골짜기에선 뻐꾹새가 울었다.

비가 내리지 않고, 맑은 날이 계속되었다. 초여름인데도 날씨가 가물어서 농부들의 근심은 커져 갔다. 밭의 흙은 가루처럼 부서졌고, 논은 물이 말라 갈라진 곳들이 나타나기 시작했다. 사람들은 흉작을 걱정했다. 많은 사람들은 왜 벌써부터 가뭄이 들고 있는지를 곰곰이 따져 보았다. 대부분은 분명 일본 사람들 때문일 거라고 생각했다. 일본 사람들이 너무 많은 성벽을 부수고, 존엄한 건물들을 헐고, 옛 무덤을 파헤쳤기 때문이라는 것이었다. 마지막 짓은 특히 흉악했다. 일본 사람들은 죽은 사람에게 바쳐진 값진 도자기 그릇들을 무덤에서 훔쳐 냈기 때문이었다. 도자기들은 도쿄로 옮겨져서 아주 비싼 값에 팔렸다. 산 위에는 파헤쳐진 숱한 무덤들이 하늘을 바라보고 있었다. 아주 오래된 인골들이 산속 일광에 널브러져 있었다. 도로를 세울 때도 이 야만인들은 옛 묘소들을 수도 없이 파헤쳐 욕을 보였다. 산비탈을 지나갈 때면, 종종 인골이나 해골이 높은 데서 굴러 떨어져 사람들이 놀라 달아나곤 했다. 언젠가 한번은 하늘이 이런 만행을 벌할 것이라는 말을 나도 믿었다.

가뭄은 계속되었다. 밭에는 이제 더 이상 물 한 방울 없어, 여기저기 깊게 갈라진 틈새가 생겨났다. 사람들은 밤마다 물을 길어 나르기 시작했다. 물이 있었던 가장 가까운 마을에서, 그곳의 유일한 시내가 말라 버리자 사람들은 어리고 약한 볏모를 다음 날까지만이라도 살려 보려고, 물을 담아 나를 수 있는 통들은 죄다 들고 샘을 찾아서 몇 시간이고 걷고 걸어야 했다.

아낙네들은 별이 총총한 밤이 되면 집 뒤뜰에서 혹은 농사를 지어 놓은 밭에서 비가 오게 해 달라고 빌었다. 그녀들은 촛불을 켜놓고 소반 위에 물 한 사발을 제물로 올려놓았다. 그녀들은 제발 죄 없는 농부들에게 너무도 가혹한 벌을 내리지 말아 달라고 하늘에 기도했다.

그러나 하늘은 냉혹했다. 매일 아침이면 동쪽에서 불덩이 같은 해가 솟아올라, 고통받는 대지 위를 종일토록 달구어 댔다. 일을 하는 동안에는 아무도 노래를 부르지 않았다. 낮에는 묵묵히 김을 맸고, 밤에는 작은 구름 한 점이라도 찾으려고 필사적으로 하늘을 훑듯이 바라다보았다. 밤마다 제대로 잠을 잘 수 없었던 나도 종종 하늘을 쳐다보곤 했다. 우리는 뭔가를 골똘히 생각하면서 거의 한마디도 하지 않았다.

그러던 어느 날 이른 아침, 집안사람들이 갑자기 나를 깨웠다. 하늘이 눅진해지는 것이 보였다. 송림만 전체에 쭉쭉 비가 내리고 있었고, 마을에선 힘찬 기쁨의 함성이 터져 나왔다.

소낙비가 그치고 나자, 날씨는 다시 후덥지근해졌다. 볏모가 다시 살아나 하루하루 무럭무럭 자라났다. 사람들은 이른 아침부터 저녁까지 김을 맸다.

나는 날마다 어머니의 소식을 기다렸다. 며칠 전 나는 어머니께 편지를 써서, 허락도 없이 집을 떠나 심려를 끼친 일에 대해 용서를 빌었다. 나는 어머니가 소식을 전해 주실 때까지 오랫동안 송림에서 지내리라고 마음먹었다. 내가 집을 떠나 있던 며칠 동안 어머니는 한숨도 못 주무셨고, 밥 한 술도 드시지 못했다는 것을 돌다리 아저씨한테서 듣고서야 알았다. 어머니는 혼자 방에만 틀어박혀 아무와도 이야기를 나누지 않으셨다고 했다. 나는 어머니가 너무 고통스러워하고 계신 것이 염려스러웠다.

어느 날 저녁, 어머니가 몸소 송림에 오셨다는 말을 듣고 나는 깜짝 놀랐다. 나는 어머니께 달려갔다. 어머니는 조용히 미소를 지으며 나를 맞아주셨다. 그리고 건강이 어떠냐고 묻기만 하셨다.

다음 날 저녁, 방에 우리 둘만 있게 되었을 때 어머니가 아직도 공부하고 싶으냐고 내게 물으셨다.

"아니에요."

내가 말했다.

"잘 생각해 보거라!"

"정말, 아니에요."

"뭐 때문에 그렇게 생각하느냐?"

"공부를 하게 되면, 나중에 서울로 가야 하니까요."

"그러고 싶지 않니?"

"네."

"어째서?"

"어머니를 떠나지 않을 거예요."

"서울로 가도 된다."

그녀가 말했다.

"내일 시내로 가서, 다시 공부를 시작하도록 해라!"

"아니요, 그러지 않겠어요."

"가서, 해 보자. 내가 그러길 원한단다."

나는 어머니가 왜 그런 말을 하시는지, 또 왜 양보를 하시는지 알 수 없었다. 나는 정말 더는 공부할 생각이 없었기 때문이었다. 나는 어머니로부터 내가 새로운 시대에 맞지 않고, 또 새로운 학문에 소질이 없다는 말을 내게 믿게 하려고 하셨다는 사실을 듣게 되었다.

"좋아요, 어머니, 한번 해 볼게요."

내가 말했다.

시험

공부를 하기 위해 다시 고향으로 돌아왔을 때, 학교 친구들은 몹시 기뻐해 주었다. 그들은 내가 그동안 놓친 시간을 가능한 한 빨리 만회하여 전문학교 공부를 시작할 수 있도록 도왔다. 고향에서 학교를 마치고 난 뒤, 서울에 있는 중등학교에 입학하더라도 전문학교 시험을 준비하기까지 족히 3, 4년은 걸렸다. 친구들은 독학으로 시간을 단축하고, 당장에라도 강의록으로 시험 공부를 준비하는 편이 낫다고 내게 조언했다. 나도 그들의 계획이 마음에 들었다. 나는 유명 통신교육기관에서 모든 중등 과목 강의록을 받아서 공부하기 시작했다.

처음에는 모든 것이 잘 진행되었다. 강의록은 이해하기 쉽게 쓰여 있어서 모든 과목들, 심지어는 수학 과목까지도 어지간히 진도를 맞추어 나갈 수 있었다. 그러나 강의를 시작하고 난 몇 달 뒤에 시작된 영어는 너무 어려웠다. 셀 수도 없이 읽고 또 읽었지만, 일본식 음절 표기로 영어 발음 기호를 지나치게 상세하게 표시한 것도 그랬고, 또 문법에 대해 설명해 놓은 것도 도무지 잘 이해할 수가 없었다. 고향 학교에서는 영어 수업이 없었기 때문에 나는 이 언어에 대해 아는 것이 별로 없었다. 여러 고등 교과목의 경우처럼 이 과목을 담당할 교사가 없었고, 더욱이 영어를 가르칠 만한 몇 안 되는 고향 출신의 교사들도 모두 서울에 있는 더 좋은 학교로 불려 갔다. 영어를 전혀 알지 못했던 학교 친구들은 나를 도와줄 수도 없었다. 나는 몹시 낙담했다. 영어를 모르고는 사실상 유럽 문화에는 근접도 할 수 없었기 때문에 그야말로 가장 중요한 과목이 영어였다.

용마는 화학과 물리를, 기섭은 수학을 도와주었다. 그리고 각성이라는 친구는 낯선 이름들 때문에 힘들어했던 유럽 역사를 도와주었다. 그들은 매일 저녁 우리 집으로 와서, 내가 모든 과목들을 익힐 때까지 도움을 주었다. 그들은 모두 우리 고향에 있는 학교를 졸업했지만, 각자 나름대로의 이유들 때문에 서울로 가서 공부할 수 없었다. 그들은 우리들 가운데 한 명이라도 대학에 보내겠다는 목표를 달성하기 위해 온갖 노력을 다했다. 그래서 내 방은 매일 저녁마다 공부방으로 변했다. 학교 교실과 다른 것이 있다면 학생은 딱 한 명이고, 선생은 세 명 이상이었다는 사실이었다. 내가 공부하는 것을 도와주지 않았던 유일한 친구는 만수였다. 그는 한결같았다. 열일곱 살이 되었는데도 그는 뭔가를 배운다거나 직업을 갖겠다는 궁리를 하지 않고, 늘 이 친구 저 친구와 싸돌아다녔다. 그래도 그는 전통 음악가로는 꽤 실력을 인정받았다.

만수는 매일 저녁 나를 찾아왔다. 그러나 그는 다른 친구들이 다 돌아가고 난 뒤, 나 혼자 책을 읽고 있는 늦은 시간에야 찾아왔다. 한참 동안 내가 공부하고 있는 것을 지켜보고 있다가 자기 집으로 가서 함께 음악이나 연주하자고 제안했다. 만수는 가야금이라는 기다란 현악기를 갖고 있었다. 그것은 악사들이나 기생들이 선호하는 악기였다. 내가 더 공부를 해야 한다거나 피곤해서 자야겠다고 말하면 그는 내가 책을 너무 많이 읽어서 지친 것이라며, 공부를 반대하는 이유에 대해 항상 떠벌리곤 했다. 책을 많이 읽는 것은 인간 정신에 해롭다는 둥, 내가 어머니의 유일한 아들이니 절대 정신병에 걸리면 안 된다는 둥. 그것마저도 소용이 없게 되면, 내가 자기의 하나밖에 없는 벗이니 제발 거절하지 말아 달라고 졸랐다. 그러면 나는 어쩔 도리 없이 그의 집으로 함께 갔다. 자갈이 깔린 좁은 뜰이 있었고, 출입구가 따로 되어 있어서 밤중에도 아무 방해를 받지 않고 드나들 수 있도록 되어 있었다. 그의 방에는 학생들이라면 누구라도 지니고 있어야 할 책이며, 책상이며, 자명종 시계가 없었다. 작은 방이 거의 비어 있었다. 방 한쪽 구석에는 둘둘 말려진 이불들이 쌓여 있었고, 다른 쪽 구석에는 뚝배기가 놓인 화로 하나가 있었다. 그의 전 재산은 몽땅 벽장 속에 보관되어 있었다. 만수는 벽장에서 작은 술항아리와 과일 몇 개를 꺼내어 놋 쟁반에 담아 가져왔다.

"자, 마셔, 오늘 특별히 너를 위해 가져온 거야."

그는 매번 그렇게 말했다. 그러고는 가야금을 가져와 내 무릎 위에 올려놓고는 필사본으로 된 두꺼운 옛날 악보집을 펼쳤다. 거기에는 모든 고전 악곡들이 수록되어 있었다. 그가 이 귀한 악기를 어떻게 구했는지, 또 이 고서를 어떻게 손에 넣게 되었는지는 알 수 없었다. 그는 악보를 한 줄 한 줄 손가락으로 짚으며 구음(입으로 내는 소리)으로 노래했다. 나는 조심스럽게, 그리고 천천히 줄을 뜯었다. 계속해서 손가락 연습을 하고 나서야, 나는 겨우 한 소절을 틀리지 않고 연주할 수 있게 되었다. 그는 참을성 있게 계속해서 구음을 불러 주고, 손가락 뜯는 법도 고쳐 주었다. 그러다가 내 가야금 소리가 마음에 들었는지, 내 소리에 대금을 얹어 주었다. 우리는 쉬지 않고 오랫동안 연주를 했다.

"미륵아."

한번은 그가 말했다.

"너 정말 서울에 가서 공부를 해야 해?"

"응, 시험에 붙으면, 그래야지."

"여기서 이렇게 같이 음악 연주나 하면서 사는 게 정말 좋지 않을까? 일할 필요도 없고, 근심할 필요도 없이. 운 좋은 사람이 살아가는 것처럼 넌 그저 그렇게 살아가기만 하면 되는 거야. 네가 원할 때마다 친구들을 불러들여 하늘이며, 땅이며, 세상이며, 사람의 정에 대해 함께 이야기를 나누면서 말이야. 산속에 오두막 한 채를 짓고 산골짝의 시내가 재잘거리는 소리도 듣고, 저 멀리 떠다니는 구름을 바라보면서 말이야. 네가 행복하게 살면, 너의 어머니도 행복해하실 거야. 나도 언제나 네 곁에 있을 수 있고."

"아니, 난 공부를 해야 해."

"넌 정말 이상한 아이야."

그가 한숨지으며 말했다.

1년이 빠르게 지나가고, 또다시 겨울이 되었다. 눈은 그다지 많이 내리지 않았지만, 몹시 추운 겨울이었다. 마침내 운명이 매력적인 제안을 내 길 위에 던져 주었다. 그것은 다가오는 해에 있을 의학전문학교 입학시험에 대한 공고였다. 시험 과목은 모두 다섯 개였다. 수학, 화학, 물리, 그리고 두 개의 언어, 즉 일본어와 한문 시험을 치러야 했다. 다행스럽게도 가장 염려했던 영어와 역사 과목은 빠져 있었다. 입학시험은 모든 사람들이 내게 의학이 잘 맞는 과목이라고 말하는 것을 부정하기 힘들 정도로 내게도 큰 유혹이기도 했다. 의학전문학교 시험은 응시자가 많이 몰려서 전문학교 시험들 가운데서도 가장 어려웠다. 중등학교를 좋은 성적으로 졸업한 후보자 열 명 가운데서도 고작 한 명 정도만 시험에 합격할 수 있었다.

나는 몇 날을 곰곰이 생각했지만, 결국에는 격려를 아끼지 않았던 학교 친구들의 꼬임에 넘어가고 말았다. 나는 지원서를 제출했다. 그로부터 일주일 후, 시험을 허락하니 지정된 시험 날짜에 붓과 먹, 그리고 연필과 주머니칼을 지참하여 우리 고장 출신의 모든 후보자들이 시험을 보게 되어 있는 시립 병원으로 오라는 통지서를 받았다.

첫 번째 시험이 있던 날 아침, 나는 시립 병원으로 갔다. 날이 아직 어둑어둑했고 몹시 추웠다. 어떤 간호사 한 명이 나를 작은 홀로 데리고 갔다. 그곳에는 이미 세 명의 수험생이 모퉁이에 서서, 오는 사람들을 기다리고 있었다. 나는 그들을 알지 못했다. 세 사람 모두 나를 보고 미소를 지어 보였지만, 모두 근심에 찬

창백한 얼굴빛이 역력했다. 그때 시험 감독자가 홀로 들어왔다. 그는 우리의 이름을 부르면서 지원서에 첨부된 사진과 얼굴을 일일이 대조했다. 그는 우리에게 시험 문제에 대해 충분히 마음의 여유를 갖고, 신중하게 생각한 다음에 답을 적으라고 주의를 주었다.

우리는 닷새 동안 치르게 될 시험일정표를 받았다.

오늘은 의사로부터 건강 진료만 받았다. 우리는 큼직한 홀로 인도되어 두 명의 의사에게 키, 몸무게, 시력, 청각, 척추, 폐, 심장, 위, 신장과 그 밖의 기관들을 검사받았다. 다른 세 명의 아이들은 곧바로 떠났는데, 나는 어떤 이유에서인지 심장을 한 차례 더 정밀하게 검사받아야 했다. 두 의사와의 긴 상담이 있고 나서야 그런대로 건강하니 가도 좋다는 말을 들었다.

시험에 응하는 우리는 매일 아침 이른 시간에 소강당으로 출석해서 여러 시간 동안 필기시험을 치렀다. 첫째 날은 수학, 둘째 날은 언어, 셋째 날은 물리와 화학 시험을 보았다. 수학은 어린아이들도 풀 수 있을 만큼 쉬웠고, 물리와 화학도 그렇게 어렵지 않았다. 그러나 고대 일본어와 한문으로 된 고전 원문을 현대식 일본어로 옮겨야 하는 시험은 너무도 어려웠다. 따라서 응시자들 대부분은 이 두 과목에서 떨어질 것이 뻔했다. 감독관은 우리에게 조금이라도 도움을 주고 싶었는지 말없이 난로 가까이에서 우리 반대편으로 등을 지고 앉아 있었다. 그러나 우리들 가운데 누구도 다른 사람의 것을 훔쳐보는 사람이 없었으며, 모두들 그저 묵묵히 각자의 시험에만 몰두했다. 다만 셋째 날, 똘똘 말린 작은 종이 한 장이 소리 없이 내 책상 위로 굴러왔다. 조심스럽게 그것을 펼치자, 종이 위에는 황색과 적색 인광 물질 간의 서로 다른 용해점에 대해 적혀 있었다.

마지막 날 구술시험에서 감독관은 내게 왜 의학 공부를 선택했는지를 물었다. 나는 생과 사의 근원을 알고 싶어서라고 말했다. 그는 미소를 지으며 나를 바라보기만 했다. 그는 한참 동안 자기 연필을 만지작거렸다.

"높은 목표로구나."

그가 말했다.

"그런데 우리는 우선적으로 실전에 능한 의사들을 많이 양성해야 한단다. 특히 너희 나라는 보건 위생이 낙후되어 있기 때문에 더욱 그렇지."

대화 도중에 그가 잠시 시험장을 떠났다. 그때 나는 그가 적어 놓은 후보자 명단을 읽을 수 있었다. 우리 이름 밑에는 여러 개의 항목이 있었고, 그 밑에 그의 특별한 소견이 적혀 있었다. 내 이름 밑에는 이렇게 적혀 있었다.

〈언어〉 간결하고, 분명함.

〈성격〉 정직하고 온순하며 공손함.

그러나 '학업 목표' 밑에는 아무것도 적혀 있지 않았다.

감독관이 곧 다시 돌아왔다. 그는 잠시 묵묵히 있다가 말을 꺼냈다.

"시험을 잘 보아서 결선에는 들었단다. 그러나 대학 당국에서는 결선에서 다섯 명 중 한 명만 뽑길 희망하고 있단다. 혹시 실망스런 소식을 듣게 되더라도, 그것 때문에 용기를 잃을 필요는 없단다. 최종 선발은 제비뽑기와도 같은 것이니까."

작별 인사를 할 때까지 그는 계속 미소를 지었다. 그리고 그가 말했다.

"네가 '우리나라'라고 말할 때, 그 우리나라가 단지 조선이 아니라, 일본 제국 전체를 가리켜서 하는 말이어야 한다. 그리고 물론 '우리나라 사람들'이라고 말할 때도 단지 조선 사람뿐 아니라, 일본 제국의 모든 사람들을 가리키는 말이라고 생각해야 한다. 항상."

나는 그것에 대해서는 아무 말도 하지 않았다.

3주일 정도 지나서 최종 통지서가 왔다. 의학전문대학 학생으로 입학이 허락되었으니, 4월 초에 대학 사무실로 와서 면접을 보라는 내용이었다. 그날 나는 큰누이로부터 저녁 초대를 받아 집에 없었다. 집으로 돌아오자, 온 가족과 친구들이 모두 내 방에 모여 즐겁게 이야기를 나누고 있었다. 내가 방으로 들어서는 순간, 모두 잠잠해졌다. 그리고 잠시 후 용마가 내게 합격 통지서를 읽어 주었다. 모두들 나를 축하해 주었다. 어머니도 기뻐하시는 모습이 역력했다. 어머니는 말없이 그저 내 두 손을 연신 쓰다듬기만 하셨다. 그러다가 누구랄 것도 없이 모두가 한참 동안 입을 다물었다. 친구들은 모두 매일 저녁마다 나를 도와주었던 것에 대한 보람으로 이런 좋은 소식을 얻게 되었다는 감회에 젖어 있는 듯했다. 그리고 그들 대부분 내가 곧 넓은 세계로 나가게 될 테지만, 결국 자기 자신들은 이런 촌구석에 계속 처박혀 있게 될 것이라고 생각하는 듯 보였고, 집안 식구들은 내가 집을 떠나게 된 것을 염려하고 있는 듯 보였다. 글도 읽을 줄 모르는 하녀 구월이는 근심에 가득 차서 합격 통지서를 살피고 또 살폈다.

어느 따스한 봄날 저녁, 나는 친구들의 배웅을 받으며 용연만(灣)으로 갔다. 그곳에는 나를 서울로 데려다줄 증기선이 정박해 있었다. 만수와 용마, 기섭이 즐겁게 떠들며 앞서 걸었고, 나는 어머니와 나란히 그들의 뒤를 따라 걸어갔다. 어머니는 마을 너머 길모퉁이까지 함께 걸으면서 여행과 도회지 생활에서 주의할 것들을 일러 주셨다.

"지나간 일에 대해서는 너무 많이 생각하지 말거라."

어머니가 말씀하셨다. 그리고 마지막으로 이르셨다.

"네가 자주 내게 말했잖느냐, 시대가 변했다고. 다른 사람들은 우리보다 앞서서 새로운 문화 속에 살아가고 있단다. 그들이 무례하게 굴더라도, 너의 온유한 성정을 잘 지켜 내야 한다. 그리고 그들에게서 뭐라도 배우려면, 그들의 야만스런 짓거리도 참고 이겨내야 한다."

친구들은 용연 만까지 나를 마중해 주었다. 그곳은 밝은 달빛 속에 잠겨 있었다.

하얀 증기선이 거무스름한 뾰족 바위들 때문에 신비롭게 돋보였다. 나는 친구들과 일일이 작별 인사를 나누고 작은 쪽배에 올랐다. 배는 거친 파도를 지나, 하얀 증기선이 있는 저쪽으로 흔들흔들 움직여 갔다. 증기선이 서서히 방향을 돌리면서 구슬픈 뱃고동을 울렸다. 배가 좁은 용연 만을 빠져나갈 때까지 친구들은 판자 다리 위에 그대로 서 있었다. 그들이 나 없이 셋이서만 언덕을 넘어 집으로 돌아갈 것을 생각하면 아쉬운 마음이 들었다. 그들은 무슨 이야기를 나눌까? 용마가 말을 할까? 만수가 말을 할까? 그들은 내 여행에 대해 말을 할까? 음악에 대해 말을 할까? 그들은 머지않아 남쪽 언덕과 선녀산을 가로질러 지나갈 테고, 마침내는 정든 고향 들녘을 거닐게 될 테지.

배에서 웬 대학생들이 '이보게' 하고 크게 외치며 내게 인사를 했다. 모두들 내가 시험에 합격한 것을 축하해 주었고, 서울에 가면 나를 도와주겠노라고 약속했다.

용연 만이 점점 시야에서 멀어져 갔고, 수양산은 심연 속으로 가라앉고 있었다. 수압섬이 바로 가까이에서 우리 옆으로 미끄러져 지나가고, 이윽고 우리는 탁 트인 바다 위에 떠 있게 되었다. 달빛 속에서 오직 바다만이 수평선에서 수평선으로 출렁대고 있었다.

서울

아침 식사 후, 배가 제물포항에 입항했다. 나는 다른 사람들을 따라 역으로 걸어갔다. 그리고 곧바로 출발하는 기차에 올라탔다. 기차는 작은 역에 몇 번을 정차하고 난 후 정오 무렵이 되어서야 삼각산 쪽으로 증기를 내뿜으며 힘차게 내달렸다. 언덕이며, 계곡이며, 마을들이 우리 옆으로 빠르게 획획 지나갔다. 차는 500년 넘게 우리 임금들이 권좌에 있었던 그 도시에 점점 가까워지고 있었다. 어릴 적 우리 마을의 성벽 위에서 본 적 있었던 바로 그날 밤의 봉화 신호가, 나라의 모든 지역에서 곧바로 보내졌던 곳이었다. 궁궐이 있는 바로 이곳에서 목사들은 백성을 통치할 수 있는 모든 권력을 임금으로부터 위임받았다. 우리나라에서 가장 이름난 시인들이 바로 이곳에서 머물렀고, 학자들이며 예술가들도 모두 이곳으로 몰려들었다. 내가 깊은 생각에 잠겨 앉아 있을 때였다. 기차는 빠르게 터널을 통과하여, 강 건너로 질주했다. 이윽고 우리는 엄청나게 큰 플랫폼에 도착했다. 창밖에서 사람들이 서울에 도착했다고 외치는 소리가 들려왔다.

나는 짐을 챙겨 들고, 역사를 빠져나가는 사람들의 무리를 뒤따랐다. 갑자기 거대한 광장이 눈앞에서 펼쳐졌다. 큰 소리로 종을 울려대는 전차들 사이사이로 인력거, 자전거, 오토바이 들이 질주했다. 우리는 전차를 탔다. 그러고는 모던한 상점이며, 은행이며, 음식점 들로 북적대는 시내를 지나서, 주로 학생들이 거주한다는 서울의 북촌에 도착하기까지 마치 끝도 없는 시간이 걸린 것 같았다. 골목길에서든, 책방에서든, 식당에서든 우리들은 대학생들과 마주쳤다. 그들은 모두 비슷한 유니폼을 입고 있었다. 그들은 단지 모자와 깃에 달린 다양한 학교 배지와 학과 배지를 통해서만 구분될 뿐이었다. 아무도 학과에 대해서, 학교에 대해서, 출신 지역에 대해서 묻지 않았다. 모두가 한집안의 사람들처럼 서로 인사를 나누었고, 또 서로를 도왔다.

다음 날 아침, 나는 경성의학전문학교 입구에 서 있었다. 그것은 도시의 동쪽에 위치해 있었고, 여러 채의 유럽풍 건물들로 이루어져 있었다. 대학생들이 우르르 빠져나가기도 하고, 또 한꺼번에 몰려 들어오기도 했다. 그들은 모두 '의학'이라는 글자가 박힌 황금색 배지를 단 감청색 교복을 입고 있었다. 신입생들은 아직 각자 자기 나라의 복색을 그대로 입고 있었다. 한국 학생들은 흰색 옷을, 일본 학생들은 검은색 옷을 입고 있었다. 나는 그들과 함께 학교 사무실로 가서 학생증과 시간표, 그리고 교복과 모자에 달 배지를 받았다.

첫 번째 강의는 화학이었고, 강의 내용도 괜찮았다. 강의는 일목요연하게 짜여 있었고, 실험 수업도 있었다. 생리학 강의는 그저 그랬다. 그것은 그다지 새롭지 않았다. 그러나 우리 의대생들에게 가장 중요한 과목이라고 할 수 있는 해부학 강의는 전혀 마음에 들지 않았다. 깡마른 해부학 교수는 억양도, 강세도, 굴곡도 없이 되는대로 말을 했다. 그가 뼈 하나를 손에 들고 평평한 부분과 오목 들어간 부분, 뾰족한 부분을 일본어와 독일어, 라틴어로 설명하고 있는 것 같긴 한데, 말이 너무 빨랐기 때문에 첫 번째 줄에 앉은 학생들조차도 그가 설명한 것을 제대로 이해하지 못했다. 그는 때때로 무언가를 칠판에 쓰기도 했는데, 그의 말을 이해하는 것만큼이나 그의 글씨를 정확하게 판독하는 것은 어려웠다. 우리는 모두 차례차례 펜을 내려놓았다. 그러고는 고통스런 두 시간짜리 강의가 끝나고, 마침내 그 깡마른 교수의 모습이 사라질 때까지 지루하게 앉아 있기만 했다.

"저 사람 완전 멍청해."

몇몇 학생들이 투덜댔다.

그래도 열성적인 학생들이 있었다. 그들은 강단 위로 가서, 상자에서 뼛조각들을 꺼내어 들고는 뾰족한 부분과 오목한 부분을 가까이에서 관찰했다. 그러면서 그것들을 교과서에 있는 그림들과 일일이 대조해 보았다.

"우리도 저렇게 해야 하지 않을까?"

며칠 동안 바로 옆자리에 앉았던 학생이 내게 물었다.

"그럴까."

나는 깨끗한 측두골 하나를 가져다가 그 학생 앞에 놓았다. 그는 만지지는 않고, 한참 동안 멍하니 바라보기만 했다.

"이게 사람의 뼈라는 거지!"

그가 말했다.

그는 한참을 물끄러미 뼈를 바라보다가, 천천히 그것을 손에 들고 무게를 달아 보더니 도로 자리에 내려놓았다.

"신기하다!"

그가 중얼거렸다.

"그러니 이게 사람의 본질이라는 거구나!"

우리는 그것의 갈라진 틈새며, 모서리며, 뾰족한 부분을 일일이 살펴보면서 우리가 대충 적어 놓았던 필기 내용을 고쳤다. 내 옆 친구는 조선의 북쪽에서 온 조용하고 호감이 가는 친구였다. 그의 이름은 익원이었다.

학생들은 강의 노트를 서로 보충해 주고, 고쳐 주었다. 또 함께 실습을 하는 동안 시간을 같이 보내야 하는 학생들끼리는 짝 꿍이 되었다. 어떤 짝꿍들은 저녁 시간에도 함께 공부를 하려고 같은 하숙집에 기거하기도 했다. 익원과 나는 운영이 꽤 잘되고 있는 하숙집에서 크고 밝은 방 하나를 나누어 썼다. 우리는 함께 책을 읽고 토론했다. 물리학에 대해, 화학에 대해, 해부학에 대해. 또 일주일에 네 시간씩 듣는 독일어 문법에 대해서도 우리 는 자주 토론을 나누었다. 독일어는 의대생들에게 필수 과목이 었다. 의학 서적들이 대부분 독일어로 쓰여 있었기 때문이었다. 우리는 잠자리에 들어서도 동사 변화를 시켜 보기도 하고, 명사, 형용사 변화를 시켜 보기도 했다.

매일 아침마다 우리는 함께 학교에 갔고, 또 한밤중까지 계속 공부하기 위해 함께 귀가했다. 우리는 함께 시장을 보러 갔고, 목욕도 같이 가고, 극장도 같이 갔다. 일요일마다 서울의 볼거리 들을 찾아다녔고, 북쪽에 있는 경복궁이며, 남산 공원이며, 동물 원에 함께 갔다. 또 전차를 타고 한강에도 같이 갔다. 익원은 나보다 1년 앞서 서울로 와서 공부를 하고 있었기 때문에 모르는 것이 없었다.

우리 학교는 조선에서 최고로 좋은 전문학교들 가운데 하나였다. 조선을 여행 다니는 일본의 유명 인사들은 모두 우리 학교를 방문했고, 그 나라의 왕자들이라든지 고위 관리들이 서울에 오는 경우에도 우리는 그들을 영접하기 위해 역까지 행진하곤 했다. 일본의 총독부 관할 하에 있었던 다른 모든 공공 기관들처럼 학교 기관도 어느 정도는 군대식이었다. 우리는 강의와 실습 시간을 마음대로 선택할 수 없었다. 누구라도 특별한 이유 없이, 무더운 7월까지 계속되는 강의를 단 한 시간도 빼먹어서는 안 되었다.

드디어 교복을 벗어서 한동안 바구니에 쳐 넣어 두어도 좋은 학기의 마지막 날이 되었을 때 어찌나 기뻤던지. 익원과 나는 가을 학기에도 계속 함께 공부할 수 있도록 무엇을 하며 방학을 보낼 것인지를 의논했다. 익원은 내가 광학 분야에서 가장 뒤떨어진다고 생각했다. 그래서 나는 두꺼운 물리책 한 권을 가방에 챙겨 넣었다. 익원은 책상에 앉아 내가 짐 싸는 것을 구경하기만 했다. 부모가 없었던 그는 방학 동안에도 고향에 가지 않고 서울에 남아 있어야 했다. 일찍이 고아가 된 그는 어느 기독교 가정에 입양되어 자랐다. 그가 기독교 학교가 아닌 국립 학교에서 공부하기로 결정을 내리자, 그의 양부모는 그를 받아들이질 않았다.

마지막 저녁, 익원과 나는 여태껏 한 번도 해 본 적이 없는 시내 구경을 하면서 함께 시간을 보내기로 했다. 우리는 동쪽에 있는 창덕궁의 이끼 낀 기다란 담장을 따라 함께 걸었다. 고즈넉한 옛길은 오르막 언덕이었다가, 곧장 내리막으로 나 있었다. 왕실의 후손들이 시종과 궁녀는 물론 수백 명의 신하들을 거느리고 있었을 법한 궁궐의 담장 뒤는 아주 한적했다. 이곳을 지나갈 때마다 매번 걸음걸이가 조심스러워지고 느려졌다. 나는 우리의 귀한 왕족의 목소리라도 들을 수 있길 소원했지만, 허사였다. 부르는 소리도, 대화 소리도, 발자국 소리도 담장 밖으로 새어 나오지 않았다. 위풍당당했던 500년 왕조의 후손들이 너무도 조용해진 것이었다.

궁궐의 담장을 다 걷고 난 다음, 우리는 큰길을 가로질러 남쪽을 향해 걸었다. 거리는 대낮처럼 환했다. 쇼윈도는 일본제와 유럽제 사치품들로 휘황찬란했다. 거리 곳곳에서 사람들이 유럽풍 음악을 연주했다. 바이올린, 피아노, 손풍금, 축음기 소리가 사방에서 들려왔다. 철도 호텔의 뜰에서는 유럽풍 행진곡과 무도곡이 울려 퍼지고 있었다. 고향에 있는 친구들에게 오락거리 책 몇 권을 사다 주려고 우리는 서점가까지 걸어갔다.

집으로 돌아오는 길에 우리는 시내 동쪽의 넓은 변두리에 펼쳐진 이른바 야시장이라는 데를 들렀다. 수많은 가판대에서 상인들이 오래되고 값싼 물건들을 팔고 있었다. 누렇게 바랜 책들이며, 청색과 빨간색 줄이 쳐진 필기 종이들이며, 그림이며, 부채며, 파이프며, 담배 상자며, 갓이며, 여자용 비단신이며, 온갖 낡고 지저분한 골동품들을 단돈 몇 푼으로 살 수 있었다. 조금 낡고 해어지긴 했지만, 고상한 비단옷을 입고 있는 나이 든 남자들이 물건을 팔기 위해 지나가는 사람들을 끌어당겼다. 어쩌면 그들은 예전에는 어느 도(都)나 시(市)에서 벼슬을 지냈을 것이다. 영락하고, 권력을 잃은 그들은 매일 저녁이면 이곳 야시장에 나와서 배고파하는 그의 아이들을 달래기 위해 동전 몇 푼이라도 벌겠다고 애를 쓰고 있었다. 누군가 값을 제안하고, 또 누군가는 그 값을 깎고, 그러다가 끝내 말다툼을 벌이기도 했다.

야시장의 가장 끄트머리 가판대에서 우리는 가느다란 대나무로 만든 피리들이 수도 없이 펼쳐 있는 것을 발견했다. 그것들은 한 개에 단돈 두 닢으로 팔리고 있었다. 익원은 그곳에 서서 악기들을 구경했다. 그가 피리 하나를 사려고 할 때, 나는 그를 말렸다. 만든 솜씨가 조잡했고, 구멍들이 순음을 내지 않았기 때문이었다. 그러나 익원은 여태껏 악기를 한 번도 가져 본 적이 없으니 잘 만들어진 것이 아니어도 상관없다고 했다. 그는 적적해지면 민요라도 몇 곡조를 연주해 보고 싶다고 했다. 나는 많은 피리들 가운데 특별히 깨끗해 보이는 몇 개를 골라내어, 몇 곡조를 시연해 본 다음 그에게 그중 하나를 고르라고 했다. 익원이 피리를 사고 있는 동안 웬 젊은 남자가 내게로 다가와서 자기에게도 쓸 만한 것을 하나 골라 달라고 부탁했다. 나는 그가 원하는 대로 해 주었다. 그런데 피리를 골라 달라고 하는 사람이 그 젊은 남자만 있었던 것이 아니었다. 나이 든 남자와 두 여자가 끼어들자, 곧 수많은 사람들이 내 소리를 듣겠다고 우리를 에워쌌다. 나는 마음이 몹시 불편해졌고, 무리들 밖으로 뛰쳐나가려고 했다. 바로 그때 그 늙은 상인이 내게로 다가왔다. 그는 내게 전혀 다른 피리 하나를 보여 주었다. 단단한 골죽(대에 골이 있는 대나무)으로 만들어진 것을 보니, 장인의 피리가 분명했다. 그것은 소박하지만 무척 아름답게 장식이 되어 있었다.

그 상인은 똑같은 것을 하나 손에 쥐더니, '타령'을 함께 연주하자고 명령조로 짧게 말했다.

그것은 전통 국악 양성소를 다녔던 사람이라면 누구든 연주할 수 있었던 인기 있는 고전 악곡이었다. 피리도 그렇고, 말투로 봐서도 이 늙은 남자는 예전에 악사였거나, 궁정 악공이었을 것이 분명했다. 어디서나 사람들이 유럽풍의 음악을 흉내 내고 있었기 때문에, 지금 그가 할 수 있는 것은 아무것도 없었다. 누구든 유럽풍 음악을 흉내 내고 싶어 했기 때문에, 지금 그는 더 이상 아무것도 할 수 없게 되었다. 그는 옛 악기를 잘 다루는 젊은 남자와 고전 악곡을 다시 한 번 연주할 수 있게 된 것을 기뻐하는 듯했다. 그러나 나는 연주하는 것을 주저했다. 야시장에서 사람들 한가운데에 있다니! 내내 묵묵히 있으면서 야릇하게 흥을 돋우는 곡조를 듣고 있던 익원이 내게 귓속말을 했다. 익원은 우리가 교복도 입지 않았고, 노인을 즐겁게 해 주는 일이기도 하니 내게 마음 놓고 연주해 보라고 했다.

나는 천천히 피리를 입에 갖다댔다. 그리고 비단옷을 입고 있는 그 노인과 연주를 하기 시작했다. 주변이 쥐 죽은 듯이 조용해졌다. 그 노악사가 이리저리 걸으면서 점점 더 제 흥에 겨워 연거푸 곡을 연주하고 있는 동안, 아무도 움직이지 않았다. 일본인 구역이 있는 남쪽에서는 아직도 수많은 불빛들이 반짝거리고 있었고, 북쪽에는 옛 조선이 어둠 속에 잠들어 있었다. 검은 벨벳 같은 밤하늘이 삼각산 너머로 걸려 있었고, 옛 창덕궁은 과거 속에서 침묵하고 있었다.

구학문과 신학문

　익원이 나보다 훨씬 철저하게 공부하고 있다는 것을 이미 첫 학기에 눈치챘지만, 시간이 지나면서 나는 그 사실을 더욱더 인정하지 않을 수 없었다. 나는 고작해야 하루하루의 강의 내용을 꼼꼼하게 받아쓰고, 그것을 이해하는 정도로만 만족했다. 그러나 익원은 강의가 끝나고 나서도 한참 동안을 곰곰이 생각에 잠겨 그대로 앉아 있었다. 그러다가 불분명한 것이라든지 문제점들을 새롭게 찾아내어, 이런저런 이론의 영역을 새롭게 들여다보면서 끝없이 나와 논쟁을 벌이곤 했다. 익원은 모든 과목들을 매우 진지하게 받아들였다. 특히 물리와 화학의 문제들에 대해서는 깊이 숙고하는 듯 보였다. 에테르니, 물질이니, 에너지와 같은 난해한 개념과 씨름할 때면 특히 그랬다. 그는 종종 그 일로 저녁 내내 보냈고, 그 때문에 물리학과 해부학과 같은 다른 강의들은 한밤중이 되어서야 토론을 시작할 수 있었다.

그런 날 밤이면 우린 너무 배가 고파서, 떡장수 아이가 모락모락 김 나는 떡을 사라고 노래 부르며 골목길을 지나가기만을 학수고대했다. 떡장수 아이는 어느 골목에 있는 어느 집 학생들이 밤중까지 공부하고 있는지, 또 배고파서 자기를 전전긍긍하며 기다리고 있는지를 잘 알고 있었다. 아이의 노랫소리는 처음에는 저 멀리서 모기가 앵앵대는 것처럼 작게 울리기 시작하다가 점점 더 커지면서, 마침내 우리 집에 높이 나 있는 봉창 밑에서 뚝 멎어 버리곤 했다. 우리는 그가 떡 상자를 내려놓고, 덮개를 들쳐 올리는 소리를 들었다. 익원이 빙그레 미소를 지으며, 미닫이창을 열고 달콤한 속이 든 찹쌀떡 두 개를 그 아이로부터 건네받았다. 그의 노랫소리가 밤 골목길을 계속 떠돌아다녔고, 그러는 동안 우리는 읽고 있던 책으로 되돌아왔다.

익원의 장서에는 전문 서적 이외에도 오락용 읽을거리도 많았다. 특히 일본어로 번역된 유럽 소설도 있었는데, 나는 고작해야 그 책들의 제목만 알고 있을 뿐이었다. 한번은 장서들 중에서 철학 서적 몇 권을 찾아냈다. 그 가운데 한 권은『존재론』이라는 제목이 적혀 있었다. 나는 그것을 집어 들고는 꼼꼼히 읽어 나갔다.

어느 일요일이었다. 그날 익원은 나를 혼자 남겨 두고 학교 친구를 만나러 갔다. 나는 그가 돌아올 때까지 오후 내내 책 읽는데 푹 빠져 있었다. 내가 몹시 심취해 있는 것을 보고 그는 처음에는 미소를 지어 보이더니, 곧이어 내게 철학적인 문제에 너무 깊이 관여하지 말라고 했다. 그것이 내 본연의 공부를 등한시하게 만들 것이라는 이유에서였다. 그는 동양 사람들은 그렇지 않아도 공리공론에만 너무 치우쳐 있다고 했다. 그러나 나는 그 책을 멀리하기가 힘들었다. 무엇보다 그것은 인간들이 제시할 수 있는 가장 심층적인 문제를 다루고 있는 것처럼 여겨졌기 때문이었다. 더 이상 읽지 않을 작정으로 책을 내려놓아도, 읽었던 것에 대한 생각이 끊이지 않아 별 소용이 없었다. 익원이 그렇게 주의를 주었는데도 불구하고 나는 다음 날에도 또 그다음 날에도 계속해서 그 철학 책을 읽었다.

어느 날 저녁, 익원이 말했다.

"우리가 유럽에 뒤떨어진 현대 학문은 철학적인 숙고가 아니라 자연에 대한 실질적인 지식에서 생겨난 거야. 자연 과학의 경우가 그렇고, 의학의 경우도 그래. 우리 선조들이 인간의 육체를 구태의연한 철학을 통해서만 이해하려고 했던 동안, 서양의 학자들은 육체를 해부해서 그 내부 기관을 직접 눈으로 관찰하려는 용기 있는 모험에 매달렸지. 그들은 더 이상 골똘히 생각만 하지 않았어. 그들은 어디가 심장이고, 어디에 위가 있고, 혈관들과 신경섬유가 어디로 나 있는지를 직접 눈으로 보았지. 우리의 옛날 의학보다 백배는 더 훌륭한 서양의 의학 지식은 모두 그들의 과감한 용기 덕분이었던 거야."

그러나 익원은 의학 공부를 위해서는 반드시 알고 있어야 할 전통 의학에 대해서는 아는 것이 없었다. 지금까지 사람들은 그것을 다른 모든 옛 전통적인 것들처럼 그저 낡고 쓸모없는 것으로 여기고, 관심조차 갖지 않았다. 우리는 옛날 방식의 의원들이 어떻게 연구를 해 왔고, 또 그들의 학문이 어떻게 구성되어 있었는지를 알지 못했다. 하지만 그들이 의사가 되려면 적어도 10년 동안 옛 의술을 공부해야만 한다고 사람들이 말하는 것을 들었던 적이 있었다. 그래서인지 한의사들은 하나같이 귀밑머리가 희끗희끗했다.

때마침 아주 우연하게 희귀본 한 권이 우리 손에 들어오는 행운이 찾아왔다. 익원이 어떤 친구를 찾아갔는데, 그 친구의 숙부가 바로 한의사셨다고 했다. 사람들이 그 한의사가 남기신 책들을 모두 불태웠을 때 그 친구가 간신히 한 권을 구해 내서 보관해 왔다고 했다. 익원이 하루 저녁 동안만 보기로 하고 그 귀한 책을 집으로 가져왔다고 했다. 우리는 해부학 영역을 너무도 정확하게 설명해 놓은 그 두꺼운 책을 모조리 읽어 나갔다. 그 책에는 인체의 여러 부위가 순전히 먹으로만 표시되어 있었다. 모든 표시에는 셀 수 없이 많은 선과 점들이 그려져 있었다. 먹선들은 온몸의 표면을 뒤덮고 있었고, 곁에는 복잡한 명칭들이 붙어 있었다. 선들은 이른바 생명선처럼 보였다. 그러나 선의 경로들은 혈관과도 신경과도 일치하지 않았다. 책의 마지막 부분에 역시 붓으로 그려진 내부 기관의 해부도가 몇 장 첨부되어 있었다. 각 기관의 외형은 마치 어느 화가가 피상적으로 스케치해 놓은 것처럼 조잡하고 단순했다. 그래도 위와 심장의 형태는 우리 교과서와 완전히 일치했다. 특히 간은 매우 놀라웠다. 두꺼운 대들보 모양에는 이파리 같은 엽(葉) 일곱 개가 가지런히 매달려 있었다. 폐는 양쪽으로 각각 세 개의 엽이 있었는데, 왼쪽 폐에서 두꺼운 심줄 하나가 심장 쪽으로 지나가고 있었다. 그것은 마치 소순환의 상징으로 여겨졌다.

익원과 나는 서툴기만 한 해부학 책을 보고 빙그레 웃었다. 동양의 의사들은 단 한 번도 해부를 해 본 적이 없었을 텐데도 인체의 내부 기관을 들여다보지 않고 이 정도로 정확하게 그림을 그려 낸 것이었다. 우리는 그들의 뛰어난 재주에 놀라지 않을 수 없었다. 그들은 분명 사람들의 피부를 더듬거리는 것만으로 신체 내부를 직관적으로 파악할 수 있었던 것이다.

이렇듯 경이롭기만 한 옛 의사들은 환자의 몸을 거의 만지지 않았다. 그들은 등을 두들겨 보지도 않았고, 내부 기관을 청진하지도 않았다. 그들은 단지 환자의 얼굴을 보고, 환자들이 말하는 것을 귀 기울여 듣고, 환자의 맥을 느끼기만 했다. 그리고 그것에 대해 처방전을 쓰면 조수들이 그 처방전대로 약을 지었다. 조제실에는 온갖 약초며, 뿌리며, 덩이줄기들이 보관되어 있었고, 의사의 지시에 따라 조수들은 환약이라든지, 연고라든지 혹은 탕약을 지었다. 그들은 그것 말고는 환자들에게 아무것도 하지 않았다. 옛 의사들은 방사선을 쬐는 것도, 수술을 하는 것도, 주사를 놓는 것도 알지 못했다. 단지 생명선들이 지나가야 하는 곳이 막혀서 병이 생긴 것이니, 그들은 환자들의 여러 급소에 침을 하나씩 놓기만 했다.

이렇게 간단한 기술을 왜 그들은 그토록 오랫동안 공부해야만 했던 것일까? 그리고 인간의 존재 의미에 대해 왜 그토록 오랫동안 철학을 했던 것일까? 그리고 또 어쩌면 그토록 오랫동안 약초에 대해 연구를 했던 것일까?

우리는 이러한 옛날 의사들의 의학 서적도, 그들의 인체 구조에 대한 책과 질병에 대한 책도 지금까지 단 한 번도 본 적이 없었다. 책방에서도 그것을 팔지 않았고, 옛 의사들은 모두 마치 비밀문서처럼 자기 책들을 지키고 있었기 때문이었다.

인간의 육체는 성스럽고, 특히 영혼이 육체를 떠났을 때는 더욱 성스러운 것으로 여겨졌다. 영혼이 육체를 떠나면 사람들은 그 육체를 땅으로 돌려보내야 한다. 그러면 그 육체는 땅과 행복한 조화를 이루어 자유롭게 자연으로 돌아가게 되고, 후손들이나 남겨진 사람들에게 어떤 불행도 가져다주지 않게 된다. 그래서 비록 그것이 의사를 통해 일어난 일일지라도, 죽은 육체를 해부하는 것은 그 자체가 자연법칙과 영혼에게 죄를 짓는 것이었다. 그래서 당시 우리 학교의 조선인 신입생들이 해부 실습을 거부할 수밖에 없었던 것을 이제는 이해할 수 있었다. 물론 그들도 현대 의학이 우리의 낡은 의술보다 월등하다고 여겼고, 그래서 그것을 배우고 싶어 했다. 그러나 그들은 죽은 사람을 해체하는 것은 여전히 큰 죄악이라고 여겼다. 서구 문화가 우리 땅에 들여오려는 첫 시도가 있었던 수십 년 전에는 마땅히 그럴 만했다. 어느 겨울 오후, 처음으로 외따로이 떨어진 해부실의 잿빛 건물에 들어섰을 때, 이미 오래전에 그 낡은 관념을 벗어 버렸다고 여겼던 우리들조차도 너무도 섬뜩했다. 익원과 나는 다른 동료 여섯 명과 천천히 커다란 테이블이 있는 곳으로 다가갔다. 그 테이블 위에는 젊은 남자의 시체가 앞으로 닥쳐올 일을 기다리며 누워 있었다.

우리는 테이블에서 조금 떨어진 곳에 우두커니 서서, 창백한 주검을 응시했다. 그 주검은 영혼의 안식을 위해 자신의 몸을 땅속 깊이 숨겨 두지 못한 채로 금속판 위에 누워 있었다. 그는 몸을 드러내 놓은 채로 겨울 햇볕을 쪼이고 있어야만 했던 것이었다. 익원이 슬픈 표정으로 나를 바라보며, 내 손을 꼭 잡았다.

"향조차도 없다니!"

그가 못마땅해하며 중얼거렸다.

교수가 들어왔다. 그는 우리더러 오늘에는 내장의 위치를 관찰하라고 했다. 그리고 시신을 해부하는 것은 결코 인간의 존엄을 훼손하는 것이 아니라고 말했다. 그 교수는 오히려 우리가 그의 혼백을 고귀한 학문의 제단에 바칠 때, 우리는 그 죽은 사람의 성대한 장례식에 참석하는 것이라고 생각한다고 했다. 그러니 우리 가운데 한 명이 용감하게 시작을 해 보라고 했다. 처음에는 늑골의 피부만 아래로 절개하면 된다고 했다. 그러나 아무도 나서지 않았다. 이윽고 누군가 멈칫멈칫하며, 천천히 작은 의료 상자를 가지고 걸어 나왔다. 그는 교수가 일러 준 대로 했다. 그러자 다른 동료들이 차례로 다가왔고, 결국 우리도 시신의 복막 부분이 완전히 드러날 때까지 같이 작업을 했다.

램프 빛에 모든 기관들을 살펴보고 나서 우리는 집으로 돌아가려고 해부실을 나섰다. 밖은 이미 어두워져 있었다. 집으로 돌아온 우리는 아무것도 먹지 못했다. 딱히 할 말을 찾을 수 없었던 우리는 저녁 내내 묵묵히 앉아 있기만 했다. 우리는 주변의 모든 것들, 공부니, 철학이니, 자연이니, 인간의 삶이니 하는 모든 것들이 무의미하고 혐오스럽게 느껴졌다.

학교를 나올 때, 우리는 뜨거운 물에 목욕이라도 해서 몸을 깨끗이 씻고 싶다는 생각밖에 없었다. 그러나 나는 내 자신의 몸을 본다는 것이 두려웠고, 손으로 내 피부를 만지는 것도 두렵게만 느껴졌다. 나는 꼼짝도 않고 그대로 누워서, 오후의 끔찍했던 그 느낌을 잊으려고 애썼다. 익원은 책상 앞에 앉아 겉보기에도 별 의미 없이 이 책 저 책 뒤적이기만 했다. 그러다가 이따금 '끔찍하다', '야만스럽다', '경악스럽다' 같은 말들을 비수처럼 내리꽂았다. 그는 마음을 다른 데로 돌릴 만한 책 한 권을 찾아냈는지, 멈추지 않고 계속해서 그것을 읽었다. 나는 자다 깨다 자다 깨다를 반복했고, 그때마다 그가 밤새도록 책을 읽고 앉아 있는 것을 발견했다.

"계속 의학 공부를 해야 하는 걸까?"

다음 날 아침, 그가 내게 물었다.

"모르겠어."

내가 말했다.

작별

여섯 째 학기 중반 무렵이었다.

어느 날 오후, 안과 강의를 마치고 막 강의실을 나서려고 할 때였다. 동료 한 명이 나를 붙잡았다. 상규라고 하는 내 친한 친구였다. 그는 내게 나지막한 목소리로, 내일 저녁 식당 '남운'에서 긴히 상의할 것이 있으니 오지 않겠느냐고 물었다. 나는 그러겠다고 약속했다. 그런데 도대체 상의할 것이 무엇이냐고 그에게 물었다. 상규는 나를 옆으로 조금 당기면서, 속삭이듯 내게 말했다. 우리 학교 학생들로부터 뭔가 이상한 이야기를 들었는데, 아마 그것에 대해 의논할 것이 틀림없을 거라고 했다. 그는 우리 민족이 일본의 부당한 정책에 맞서서 시위를 할 것이고, 또 우리나라의 모든 학교의 학생들이 이 시위에 가담할 것이라고 했다. 그래서 우선 우리 학교에서 믿을 만한 몇몇 한국인 학생들에게 시위에 가담할지를 물어볼 것이라고 했다.

익원도 상규의 초대를 받았는지 매우 심사숙고하고 있는 듯 보였다. 그는 함께 집으로 돌아가는 길에도 한마디 말도 하지 않았다. 저녁에 과제를 빨리 끝내고 난 다음, 우리는 곰곰이 생각해 보았다. 과연 우리 민족은 일본 정부로부터 무엇을 요구해야 할까? 선거권? 독자적인 군 통치권? 자치권?

"여하튼 뭔가 정치적인 것을 다루겠지."

익원이 언짢아하며 말했다.

"틀림없어."

"우리가 가담한 것이 당국에 발각되면 처벌을 받게 될 것이라는 것은 생각해 봤지?"

"그래, 물론 생각해 봤어."

"우린 정부에 속해 있는 학교에 다니고 있기 때문에 더 심하게 처벌을 받을 거야. 우리는 감사하는 마음 때문에라도 정치적인 시위에 참여해선 안 되니까."

그러니 시위에 참여할 것인지 아니면 멀찌감치 피해 있어야 할지 문제가 아닐 수 없었다. 우리를 수준 높은 학문의 영역으로 이끌어 주면서도 특별히 뭔가를 의무 지우지 않고 있는 학교 당국에 감사하고 있었다. 학교는 우리가 볼 만한 가치가 있는 모든 것을 정부 돈으로 지불했고, 우리를 유명한 학자들이나 성직자, 정치가들에게로 인도해 주었다.

익원은 한참 동안 말없이 생각에 잠겨 있었다.

"그럼 넌 우리가 어떻게 해야 한다고 생각해?"

그가 내게 물었다.

"나도 잘 모르겠어."

"만약 우리 민족이 맞서 싸워야 할 일이 발생한다면, 우리도 가담해서 함께 해야지."

"당연히 그래야지."

"그럼 네 생각은 뭐야?"

나는 침묵했다.

"빌어먹을 상황이군!"

그가 중얼거렸다.

"우리 둘은 어떤 경우에라도 함께하자."

"당연히 그래야지."

다음 날 저녁, 우리는 남운식당으로 갔다. 거기에는 이미 열 명 정도의 학생들이 모여 있었다. 상규가 우리에게 시위는 잘 준비되고 있으며, 다만 국립 대학의 학생들만 그것에 대해 아무것도 모르고 있다는 것 같다고 설명해 주었다. 그는 사람들이 우리를 '절반짜리 왜놈'이라며 믿지 않고 있기 때문인 것 같다고 했다. 모두들 긴장하며 그의 말에 귀를 기울였다. 그리고 우리 모두는 시위에 동참하기로 결정했다. 반대하는 사람은 아무도 없었다. 누가 시위를 궐기했는지, 어떻게 조직되었는지, 일본 정부로부터는 무엇을 요구할 것인지에 대해 아무도 알지 못했다. 그럼에도 불구하고 학생들은 모두 가담하겠다고 했다. 우리는 오랫동안 우리의 옛 문화와 우리 조상들의 문화적 업적들에 대해 이야기를 나누었다. 일본인들은 졸부에 지나지 않는다고 했다. 활자를 자유자재로 다룰 줄 아는 인쇄술이며, 거북선이며, 도자기 기술이며, 특별한 한지며, 우리 조상들이 세계에서 최초로 발명해 낸 수많은 물건들에 대해 이야기를 나누었다. 우리들 가운데서 유독 조용하고 신중했던 익원이 다른 사람들의 이야기를 한참 동안 듣고 나서, 마침내 입을 열었다.

"좋아. 우리 함께하자."

마치 우리 의학도들의 총대가 최전선을 지키는 방어선이라도 되는 것처럼 여겨졌다. 이젠 더 이상 멀지 않은 것처럼 보이는, 민중의 궐기 운동 속에서 목표를 향해 돌진하는 것을 보는 듯했다. 상규는 시위를 위한 준비 사항들, 태극기며 삐라(전단)며 행진 순서 등등에 대한 소식을 계속해서 전해 주었다. 그리고 마침내 그는 첫 번째 시위가 3월 1일, 오후 두 시, 파고다 공원에서 시작될 것이라는 비밀 교서를 전달해 주었다.

화창하고, 따뜻하고, 눈부시게 아름다운 봄날이었다. 잠에서 깨어나니 익원이 벌써 교복을 입고 서 있었다. 며칠 전부터 창상 감염 때문에 휴가를 받았던 나는 오늘도 강의에 들어가지 않았다.

"정각에 공원으로 와."

그가 내게 손을 뻗으며 말했다.

"거기서 만나 같이 행진하자."

"그래, 물론이지."

그는 방을 나가면서 싱긋 미소를 지어 보였다.

우리는 밤새도록 거의 한숨도 자지 못했다.

짓누르는 피로에 잠자리에서 꼼짝할 수 없었던 나는 간신히 몸을 일으켰다.

오후 두 시경, 나는 공원으로 갔다. 그러나 공원은 이미 순경들에 의해 포위되어 있었다. 담장 안에 있는 작은 공간은 사람들로 빼곡하게 들어차 있어서, 나는 열 걸음도 걸을 수가 없었다. 나는 근처에서 익원도 다른 어떤 동료 학생들도 찾을 수가 없었다. 담장 한 모퉁이에 서서, 나는 점점 더 많은 학생들이 입구를 가로질러 몰려드는 것을 지켜보고 있었다. 갑자기 깊은 정적이 흘렀다. 그리고 나서 누군가 팔각정의 연단 앞에서 조선 민족의 자주독립 선언문을 낭독했다. 나는 연단에서 너무 떨어져 있었기 때문에 그가 하는 말을 잘 알아들을 수 없었다. 일순간 또다시 깊은 침묵이 흘렀다. 이윽고 "만세" 소리가 우레같이 울렸다. 그 소리는 결코 멈출 것 같지 않았다. 작은 공원이 요동쳤고, 터져버릴 듯이 보였다. 공중에선 다양한 크기로 된 삐라가 나부꼈다. 그러더니 모든 군중이 공원 밖으로 몰려 나가서 시가 행진을 시작했다. 천둥처럼 울리는 "만세" 소리는 점점 더 커졌고, 사방으로 더 많은 삐라가 흩날렸다.

나는 삐라 한 장을 받아 들고, 독립 선언문을 읽었다.

선언문에는 일본에 의해 조선이 합병된 것은 잘못된 것이며, 우리 조선 민족은 오늘 이후로는 그것이 더 이상 효력이 없음을 선언하노라고 쓰여 있었다. 또한 조선 사람들이 자유 민족으로서 스스로 운명을 결정할 권리를 돌려줄 것을 요구하노라고 했다. 나는 선언문을 읽고 또 읽으면서 시위 대열에 끼었다. 공원 입구에서 누군가 내게 삐라 한 뭉치를 손에 쥐어 주며, 명령조로 짧게 소리쳤다.

"뿌리시오!"

거리는 셀 수 없을 만큼 많은 사람들로 빼곡하게 들어차 있었다. 예상치 못한 사건에 소스라치게 놀란 사람들은 그대로 거기 선 채로 삐라를 잡았다.

"그럼 당연하지!"

몇몇 사람들이 외쳤다.

"그래, 우리 학생들이고, 우리 아이들이야!"

또 다른 몇몇 사람들이 소리쳤다. 여인들은 울부짖고, 몸서리를 쳤다. 그녀들은 우리들에게 마실 것과 먹을 것을 건넸다.

경찰들은 처음에서 간섭하지 않고 우리가 시내를 완전히 통과하도록 그대로 내버려 두었다. 중무장한 순경들이 관청의 건물들과 영사관을 에워싸고 있었다. 그들은 학생들이 폭력 행위로 넘어갈지를 주시하고 있었다. 저녁 무렵이 되면서, 우리는 비로소 압박당하고 있다는 것을 느꼈다. 자유롭게 이동하는 것이 점점 위축되었다. 우리가 지금 행진하고 있는 구역도, 또 행진하며 떠나왔던 구역들도 모두 경찰들과 군인들에게 점령되었다. 우리는 꼼짝없이 갇히는 신세가 되었다. 프랑스 영사관 앞에서 우리가 자유 민족임을 당당하게 선언하고 난 뒤, 막 총독부로 행진하려고 할 때였다. 우리는 막다른 길에 이르고야 말았다. 길이 봉쇄되고 만 것이었다. 도로 양쪽을 중무장한 경찰들이 가득 메웠고, 도로 한가운데는 군인들이 네 개의 열로 배치되어 있었다. 그들은 잠시 결단을 내리지 못하고 서로 마주 보며 서 있었다. 이윽고 첫 번째 대열에 있던 군인들이 번쩍이는 칼을 치켜들고는 군중을 향해 돌진했다. 맨 앞에 있던 사람들은 용감하게 버티었지만, 뒷줄에 있던 사람들이 겁에 질려 퇴각했다. 그로 인해 결국 우리들은 손을 들고 말았다. 탄식하는 소리와 흐느껴 우는 소리가 들려왔다. 군인들은 순식간에 우리를 시내로 내몰았고, 그곳에서 우리는 또 다른 군대에 포위당한 채로 계속 밀렸다.

나는 다친 데 없이 집으로 돌아왔고, 곧바로 잠에 곯아떨어졌다. 깨어나 보니 이미 날이 어둑어둑했다. 그런데 익원이 아직 돌아오지 않고 있었다. 두려움이 밀려왔다. 나는 그를 찾기 위해 다시 집을 나섰다. 바깥은 으스스했고, 거리에는 인적이 끊겨 있었다. 불빛도 없는 길 양쪽으로 기관총을 든 군인들이 서 있는 것이 보였다. 검은 장갑차들이 줄지어 획획 지나갔다.

나는 조심스럽게 이 골목 저 골목을 찾아다녔다. 중간중간에서 동료 학생들을 만났지만, 익원이 어떻게 되었는지 아는 사람은 아무도 없었다. 하숙집들을 일일이 찾아다녔지만, 헛수고였다. 그때 길모퉁이에서 사람들을 찾아다니고 있는 상규를 만났다. 그는 대충 모든 친구들을 찾아보았는데, 익원을 포함한 다섯 명의 친구들이 행방불명된 것을 확인했다고 했다.

자정이 지나서 집에 돌아왔지만, 방은 아직 비어 있었다.

더디고 더디게 황량한 밤이 흘러갔다.

다음 날 아침, 상규는 내게 익원과 다른 네 명의 친구들이 가벼운 부상을 입고 감옥에 갇혀 있다는 소식을 전해 주었다. 그는 내게 감옥에 있는 친구들에게 음식을 가져다주는 일을 맡겼다.

그러는 동안 민족의 궐기는 아주 빠르게 대도시에서 소도시를 거쳐, 장터와 시골 마을로까지 퍼져 나갔다. 고향에서는 기섭과 만수가 다른 친구들과 함께 감옥에 갇혔다는 소식이 들려왔다. 대학생과 중학생들에 뒤이어 상인들이, 그다음에는 수공업자들과 농부들이, 마지막으로 조선의 관리들까지 운동에 참여했다. 곤경에 처하게 된 총독부는 더 많은 일본 군대를 파견했다. 10년 전 우리나라가 합병되었던 그때처럼 일본 군대들이 밤낮없이 행군을 했다. 도처에서 사람들이 죽어 나갔다. 마을 주민이 대부분 기독교인들이었던 한 마을에서는 주민 전부가 교회 건물에 갇혀 산 채로 불에 타 죽었다. 감옥과 형무소들이 확장되기도 하고, 또 새로 지어지기도 했다. 경찰은 밤낮으로 사람들을 고문했다. 서울에 있는 대학생들은 네 번째 독립 시위를 벌인 후 공식 활동에서 물러났다. 우리는 비밀 운동에 전념했다. 나는 선전문을 작성하는 부서에 편입되었다.

조선의 궐기를 무력으로 진압한 뒤, 동경에서는 하세가와 총독이 해임되었고, 그의 후임으로 사이토 장군이 조선에 파견되었다. 그는 유화 정책을 도입한 장본인이었다. 그는 처음에는 세무원들, 교사들, 통역관들 혹은 의사들 할 것 없이 제복을 입게 했다. 그리고 장검을 지니고 있던 관리들을 모두 무장 해제를 시켰다. 사람들이 무서워하는 기마 헌병이 해산되었고, 경찰에게는 사람들을 고문하는 것을 금지시켰다. 조선 사람들의 급료가 일본 사람들의 그것과 동등해졌고, 언론의 자유가 공포되었다. 조선 학교들은 일본 학교와 대등해졌고, 서울에는 제국 대학이 창설되었다. 그러나 화해의 인상을 풍겼던 유화 정책과는 전혀 다르게, 삼일 운동에 참가했던 사람들에게 가혹한 벌이 부과되었다. 법원은 '선동자'들에게 서둘러 유죄 판결을 내리는 일에 급급했고, 경찰은 운동에 가담했던 모든 사람들을 찾아내어 체포하느라 동분서주했다.

그들에게 추격당했던 사람들 중에는 외국으로 달아나는 사람들도 있었다. 나는 교복을 벗어 버리고 고향으로 돌아갔다.

소요가 벌어지는 내내, 나는 단 몇 차례만 어머니에게 넌지시 서울에서 벌어지는 일을 전해 드릴 수 있었다. 어머니는 나를 몹시 걱정하고 계셨다. 나는 직접 겪었던 일들과 직접 행동에 옮겼던 일들에 대해 몽땅 털어놓았다. 그러자 어머니는 조금 창백해지시는 듯싶더니, 아무 말없이 방을 나가 버리셨다.

나는 깊은 잠에 빠져들었다. 지난 몇 달 동안 거의 매일 밤을 편히 자지 못했기 때문에 몹시 피곤했다.

저녁 무렵 어머니가 내게 오시어 말씀하셨다.

"도망가거라!"

"도망요?"

나는 어머니의 말씀을 미처 이해하지 못해 되물었다. 그러나 도저히 감당할 수 없는 피로가 엄습해 왔기에, 나는 뭔가를 곰곰이 생각해 볼 기력이 없었다.

"그래, 도망가야 한다!"

어머니가 거듭 말씀하셨다.

"국경이 있는 압록강 상류는 그렇게 경계가 심하지 않다고 하더구나. 거기에서 북쪽으로 도망갈 수 있을 게다."

나는 아무 말도 하지 않았다. 너무도 많은 학생들이 도망치다가 체포되었고, 또 아주 많은 사람들이 총살당했기 때문에 나는 선뜻 도망칠 용기가 나지 않았다.

그러나 어머니는 그렇게 위험하지는 않을 것이라고 생각하셨다. 이미 수많은 학생들이 압록강을 무사히 건너 먼 곳으로 도망갔다고 하셨다. 국경을 넘어가, 어디에서든 여권을 만들어 유럽으로 가기만 하면 거기서 공부를 계속할 수 있을 것이라고 말씀하셨다.

그러나 유럽이라는 말도 내게 용기를 주지는 못했다. 나는 유럽에서 공부하는 것이 너무도 어렵다는 것을 잘 알고 있었기 때문이었다. 특히 언어만 하더라도 동양 사람들에게는 극복하기 어려운 장애물이었다.

그러나 어머니는 계속해서 나를 설득하셨다. 나는 어머니를 안심시켜 드리기 위해서라도 도망가야겠다는 생각이 들었다. 어머니 곁에서 계속되는 위험 속에 머물러 있기보다는 떠나는 것이 어머니의 걱정을 덜어 드릴 것이라는 사실을 문득 깨달았다. 나는 시위에 참여했던 것이 후회되기까지 했다.

다음 날 저녁, 마침내 이별의 시간이 닥쳐오고야 말았다. 어머니는 내게 더 이상 집에 머물지 말고 떠나라고 하셨다. 또한 국경을 넘기 전까지는 아무에게도 내가 떠나는 것을 알리지 말라고 하셨다. 그리고 어머니는 버드나무 가지로 만든 조그만 등 가방 하나를 내게 건네주셨다. 그 속에는 간단한 양복 한 벌과 체인이 달린 은빛 회중시계 하나, 작은 돈 꾸러미가 들어 있었다. 어릴 적부터 그토록 꿈꾸어 왔던 다른 세계로의 먼 여행을 위해 내가 가져갈 수 있는 것은 고작 그게 전부였다.

안개가 끼고 어두웠지만, 어머니는 동구 밖 멀리까지 나를 마중하셨다.

"너는 용기가 없는 게 아니야."

한참 동안을 말없이 계속 걷기만 하시다가 어머니가 내게 말씀하셨다.

"여러 번 겁을 내기는 했어도, 너는 늘 네 자신의 길에 충실했단다. 난 널 믿는다. 용기를 내거라! 가뿐히 국경을 넘어서, 반드시 유럽에 가게 될 거야. 이 어미 걱정은 하지 말거라! 나는 네가 이곳으로 다시 올 때까지 기다리고 있으마. 세월은 아주 빨리 지나간단다. 혹시 우리가 다시 못 만나게 되더라도, 너무 슬퍼하지 말거라! 넌 내 생애에 너무도 많은 기쁨을 주었단다. 자, 내 아들. 이젠 너 혼자 가렴, 멈추지 말고!"

압록강은 흐른다

국경이 있는 큰 강 근처에 이르렀다. 사람 키만 한 갈대들이 무성히 자라 있었고, 밭이나 논은 거의 보이지 않았다. 그래서 나는 더 이상 앞으로 나아갈 수 없었다. 이른 아침부터 밤늦게까지 무장한 군인들이 순찰을 했다. 도망치는 사람들이 많은 어스름 새벽녘에는 특히 총성이 잦았다. 때로는 농부에 의해 또 때로는 어부에 의해 나는 비밀리에 바로 옆 마을로, 또는 바로 옆집으로 보내졌다. 마침내 나는 어느 어부의 작은 초막에 도착했다. 나는 그곳에서 사공들이 강을 건너게 해 줄 때까지 숨어 지내야 했다.

바로 그다음 날 밤, 학생 두 명이 초막으로 왔다. 그들도 역시

강을 건너려고 했다. 두 사람은 나보다는 어려 보였다. 둘 중에서 하얗게 겁에 질린 한 명은 열일곱 살도 채 안 되어 보였다. 그는 도망치기로 결심했던 것을 후회하는 것 같았다. 그는 묵묵히 앉아 앞쪽을 응시했다.

사흘째 되는 날 밤이었다. 어느 늙은 어부가 나타나서는 자기를 따라오라고 했다. 아직 달빛이 훤해서 쉽게 사람들 눈에 띌 것 같아 우리는 떠나길 주저했다. 그러나 그 어부는 오히려 달빛이 훤할 때 국경 감시가 소홀하다고 말했다. 우리는 그를 믿고 따라갔다. 갈대밭 사이로 난 좁은 길은 거의 식별이 되지 않을 정도였다. 그렇게 한 시간을 넘게 도망쳐서, 우리는 어느 작은 숲에 이르렀다.

어부가 앞을 향해 짧게 휘파람을 불자, 덤불숲 부근에서 그와 비슷한 휘파람 소리가 났다. 마침내 덤불숲에서 어부 두 명이 더 나타났다. 우리는 또다시 한참 동안 갈대밭을 가로질러 갔다. 이윽고 강가에 이르렀을 때 우리는 적잖이 놀랐다. 강물은 이곳 하구 가까이에 있었는데, 그것은 강처럼 보이지 않았다. 마치 바다 같았다. 나는 아득히 저 먼 곳에서 그만 시야를 놓치고 말았다.

우리가 꼼짝 않고 서 있는 사이, 어부들은 한동안 서로 속삭이더니 잠자코 말뚝에서 작은 통나무배를 풀었다. 그 쪽배는 너무 작아서 두 사람만 간신히 탈 수 있었다. 어부들은 우리를 한 사람씩 각자의 쪽배에 태웠다. 우리는 충분히 간격을 두고 차례차례 강가를 떠났다. 소리 없이 큰 강 위로 노를 저어가는 동안 마치 영원의 시간을 지나가는 것 같았다. 강 한복판에 이르렀을 때였다. 멀리서 몇 발의 총성이 들려왔다. 나를 태운 어부가 싱긋이 웃으며, 내게 가만히 있으라는 신호를 보냈다. 얼마가 지난 뒤, 어부는 내게 이따금씩 철교에서 쏘아 대는 경고의 총성이라고 속삭였다. 그리고 그는 반짝이는 수면 한가운데서는 일본군이 우리를 결코 찾아낼 수 없을 것이라고 했다.

우리가 건너편 강가에 도착했을 때는 이미 한밤중이었다. 어부들은 바로 근처에 있는 중국의 국경 도시까지 세 시간 정도 걸리는 길에 대해 간단히 일러 준 다음 우리와 작별했다. 우리는 한참을 그대로 서서, 세 척의 쪽배가 느릿느릿 우리 고향을 향해 되돌아가고 있는 것을 지켜보았다.

우리는 생애 처음으로 만주 땅의 자갈 깔린 좁은 길을 묵묵히 걸어갔다. 중국의 국경 도시에 도착한 뒤, 어부들이 일러 준 조선 여인숙을 힘들여 찾아냈을 때는 벌써 날이 훤히 새고 있었다. 여인숙에 도착한 우리들은 곧바로 잠에 곯아떨어졌다.

그날 오후, 우리는 헤어졌다. 일행 중 나보다 어린 사람은 장춘으로, 그리고 나이가 많은 사람은 심양으로 향했다. 그리고 나는 낯선 국경 도시의 거리를 거닐기로 했다. 비좁은 거리는 사람들로 넘쳐났다. 황금빛 글자가 쓰인 간판들이 난무했는데도 거리는 음산해 보였다. 건물들은 거무스름했고, 또 사람들은 푸르스름한 옷을 입고 있었기 때문이었다. 그래도 이곳은 우리 도시보다 활기차고 요란스럽게 굴러가고 있었다. 그런데 곳곳에서 익숙하지 않은 이상한 냄새가 풍겼다.

도시를 벗어나, 나는 한 번 더 국경의 강을 보기 위해 언덕으로 올랐다. 그 언덕들 사이로 나 있는 모래밭을 가로질러서 푸른 강물이 석양 속에서 조용히 흘러가고 있었다. 이곳의 강은 아주 좁았다. 그 폭이 500미터도 채 되지 않았기에 건너편 강가 사람들의 얼굴을 어느 정도 식별할 수 있는 정도였다. 그들은 그물을 넣고 있었다. 아낙들과 여자아이들이 저녁 끼니를 요리하기 위해 집 앞에 앉아서 콩 껍질을 까고 있는 모습이 보였다. 사내아이들은 서로 장난을 치며 놀고 있었다.

아주 오래전 우리 고국을 끝없는 만주 벌판으로부터 갈라놓았던 국경의 강은 쉼 없이 흘러가고 있었다. 중국의 도시는 모든 것이 거대하고 음산했지만, 저 너머 우리 고국은 모든 것이 아기자기하고 화사했다. 엷은 짚으로 덮인 초가들이 언덕에 기댄 채로 여기저기 흩어져 있었다. 굴뚝에선 벌써 저녁 연기가 피어오르고 있었다. 저 멀리 청명한 가을 하늘 아래로 이 산 저 산 모롱이가 줄지어 늘어서 있었다. 일광이 산을 비추었다. 그러고는 석양이 한 번 더 그 위를 비추더니, 푸른 어스름이 뉘엿뉘엿 산을 덮어 버렸다. 저기 먼 남쪽으로 수양산 골짜기며 시내가 보이는 듯했다. 또 어릴 적, 매일 저녁 삼층 석탑에서 들려오던 장엄한 저녁 음악 소리가 저기 남쪽 어디에선가 그 웅장한 소리로 울리고 있는 것이 들리는 듯했다. 압록강은 쉼 없이 쏴쏴거리며 흘러가고 있었다. 날이 어둑어둑 저물었다.

나는 언덕을 내려와 역으로 걸어갔다.

희뿌연 하늘이 끝없는 평원 위를 완전히 뒤덮고 있었다. 기차는 그 평원을 가로질러서 북쪽을 향해 내달렸다. 고향에서는 산이며, 언덕이며, 계곡이며, 골짜기밖에 본 적이 없던 나는 거대한 평원에 무척 놀랐다. 만주의 대평원에 대해 사람들로부터 들었을 때, 나는 그것이 구릉 정도일 거라고 생각했다. 정말 이렇게 평평하리라곤 단 한 번도 상상해 본 적이 없었다. 평원은 솟아오른 데도 없었고, 움푹 들어간 데도 없었다. 그저 마냥 평평하기만 했다. 어디선가 폭풍이 일더니 짙은 먼지구름이 우리에게 몰아쳐 왔다. 먼 옛날 몽고족과 만주족 기마병들이 이곳 평원을 질주했을 모습이 생생하게 그려졌다. 남쪽에서부터 다시 하늘이 걷히기 시작하더니 창백한 달빛이 이 유령의 평원 위로 돋아 올랐다.

만주의 수도인 심양은 이러한 비무장의 평원에 있었다. 육중

한 성벽으로 둘러싸인 심양은 무시무시한 성(城) 같다는 인상을 받았다. 내륙 아시아에서 불어오는 폭풍과 몽골 사막에서 날아오는 먼지에 휩싸인 이 성은 한때 아시아의 절반 이상을 제패했던 만주 국가의 본거지였다. 나는 딱 한 번 마차를 타고 시내로 갔다. 그곳에서 한때 마적이었던 장쭤린 장군이 고대의 방식으로 만주를 통치했을 때의 궁전을 구경했다. 성벽 밖에는 처형대가 있었고, 그 광경은 정말 섬뜩했다. 주변에는 처형된 자들의 무덤이 널려 있었다. 그들의 무덤 앞에는 비와 먼지로 더러워진 나무 막대가 세워져 있었다. 거기에는 죽은 자들의 이름이며, 나이며, 직업이 적혀 있었다. 비극의 벌판 한가운데에는 너무도 끔찍한 사건이 벌어졌던, 육중한 누각 하나가 불쑥 솟아 있는 것이 보였다.

심양에 있는 역에는 플랫폼이 없었다. 광활한 하늘 밑 햇볕이 쏟아지는 오후였다. 노랗게 색칠된 객차들을 줄줄이 매단 열차가 한 대 서 있었다. 나를 북경으로 데려갈 열차였다. 열차는 곧 만원이 되었다. 모두들 출발을 기다렸지만, 아주 오랫동안 출발이 지연되었다. 이미 가을 중턱인데도 더위는 참을 수 없을 지경이었다. 예정보다 꼬박 한 시간이 지나서야 열차가 움직이기 시작했다. 모두들 안도의 숨을 내쉬었다. 열차는 전혀 예상치 않았던 속력을 내기 시작했다. 우리의 기차는 푸른 하늘 아래서, 700마일의 요동 지역을 질주했다. 요동은 그 옛날 중화 제국과 만주 제국 간의 무인 완충 지대였었다. 지금은 밭이며, 집이며, 무덤들이 우리 옆을 획획 스쳐 갔다. 가까이에서 바다의 물굽이가 보이는 듯싶더니, 이내 저 멀리로 산봉우리와 산맥이 불쑥불쑥 솟아올랐다. 우리는 그 옛날의 중화 제국을 향해 점점 더 빠르게 달려가고 있었다.

저녁이 되었다. 그나마 좁은 의자에서 몸을 뻗을 수 있는 승객들은 한 사람씩 한 사람씩 잠이 들었고, 또 차례차례 코를 골기 시작했다. 그동안 열차는 발해만을 따라 쉬지 않고 서쪽을 향해 굴러갔다. 자정이 되었다. 달이 둥글게 떠올라, 반쯤 소등된 객차 안을 비추었다.

잠깐 동안 깊은 잠에 들었다가 깨어나 보니 열차가 멈춰 있었다.

옆 사람은 꼼짝 않고 앉아서 내내 창밖만 내다보고 있었다. 나는 그의 시선을 쫓았다.

아직 새벽 어스름에 숨어 있는, 푸른빛 도는 높은 산들이 하늘로 솟아 있는 것이 보였다. 그리고 그 위로 하늘에 맞닿은 채, 엷은 회색빛이 도는 성벽이 높게 뻗어 있었다. 그것이 바로 2,000여 년 전, 권력이 막강했던 진시황제가 사람들을 시켜서

쌓게 했던 만리장성이라는 것을 알게 되었을 때 나는 두려움에
사로잡혔다. 역사책에서 배웠던 사실이 그냥 전설이 아니었다.
번창하는 나라를 무너뜨리려는 야만족을 막기 위해 2,000년 전
사람들이 요새를 세우려고 돌을 한 개씩 한 개씩 짊어지고 저
산 높이까지 올라갔다는 사실이 정말이었던 것이다. 아직도 저
산 꼭대기에서 사람들이 일하고 있는 모습이 보이는 듯했다. 옛
성벽이 푸른 하늘을 향해 점점 더 밝게 빛났다.

우리는 중국과 만주 사이에 있는 국경역인 상하이 관에서 정
차를 했다. 세관원들이 여행객의 가방을 모두 조사하는 데는 거
의 반나절이나 걸렸다. 중국인들은 처음에는 짐을 풀지 않으려
고 했다. 그들은 물건들이 있을 뿐이라며, 가방 속에 든 물건들
을 모두 낱낱이 읊었다. 세무관은 참을성 있게 듣고 나서는, 그
래도 짐을 열어야 한다고 말했다.

"도대체 뭣 때문에요?"

어떤 승객이 물었다.

"그 속에 아편이 들어있는지를 살펴봐야 합니다."

"난 갖고 있지 않소!"

중국인은 한 번 더 힘주어 말하면서 빙긋이 웃었다.

"그래도 짐 속을 봐야겠소."

세무관도 빙긋이 웃었다.

"새 규정입니다."

그는 우리 모두를 샅샅이 조사한 뒤에야 객차를 떠났다. 우리는 안도의 숨을 내쉬었다. 열차가 서서히 앞으로 움직이기 시작했다. 열차는 긴 홀을 통과한 뒤 조심스럽게 동쪽 오랑캐 땅의 문턱을 넘어갔다. 거대한 만리장성이 우리를 에워쌌다.

나는 천진에서 북경으로 여행하지 않고 시간을 절약하기 위해 곧장 남경행 열차에 올랐다. 북경에는 볼거리가 많기 했지만, 중국보다는 오히려 타르타르(주 세력에게 밀려난 몽골 부족 중 하나)의 성격이 더 두드러진 북경을 보고 싶은 생각이 들지 않았다. 남경행 여행에서 가장 진기했던 광경은 붉은 돛과 갈색 돛을 달고, 따뜻한 가을볕에 낱알 잘 여문 들판을 가로지르는 무수히 많은 돛단배들이었다. 그것은 향락을 일삼았던 수 왕조의 황제가 제국의 남쪽으로 항해하기 위해 세웠던, 삼천 리 길의 대운하였다. 사람들은 절세의 미인들이 비단 밧줄로 일광 속에서는 천천히, 월광 속에서는 더욱 천천히 황제의 배를 끌었다고 했다. 그 황제는 자신보다 2,000년이나 앞서 어떤 위인이 이 광야를 거닐면서, 인간들에게 과욕하지도 말고 또 취하지도 말라고 경고했던 것을 잊은 것이 분명했다. 우리는 성자인 공자가 태어났고, 예전에는 노나라 땅이었던 산동 지방을 가로질러 달려가고 있었다. 공자의 현명함 덕분에 중국 사람들은 지금도 여전히 세상에서 가장 분수를 잘 지키고, 가장 부지런하고, 가장 평온한 사람들이었다. 나는 공자의 묘 앞에서 참배를 하고, 그가 걸어갔던 길을 어렴풋하게나마 느껴 볼 수 있는 그의 고향 땅 취푸를 순례하는 것을 얼마나 고대했던가! 그러나 나는 내 길을 계속 가야 했다. 나는 공자가 한 번 정도는 지나갔을 마을들이 스쳐 지나가는 것을 그냥 지켜보았다.

푸른 녹음 속에 숨어 있는 회색 지붕들, 황금빛 곡식 물결, 나무와 덤불이 듬성듬성 있는 작은 언덕들이 축복 넘치는 가을 하늘 아래에 펼쳐져 있었다.

다음 날 저녁 기차에서 내렸을 때는 사방이 완전히 캄캄해져 있었다. 사람들이 모두 기차에서 내렸다. 나는 지금 우리가 어디에 있고, 또 어디로 가서 차를 갈아타야 하는지도 알지 못한 채 그들을 따라갔다. 갑작스럽게 잠에서 깼기 때문에 정신이 몽롱했다. 누군가 우리더러 좁은 통로를 한 사람씩 지나가라고 말했다. 그러자 신비롭게 반짝이는 수면이 우리 앞에 펼쳐졌다. 그것은 넓디넓게 펼쳐져 있는 호수처럼 보였다. 수많은 배의 작은 불빛들이 미지의 어둠에서 흘러나와 그 수면 위로 둥둥 떠다니고 있었다. 슬그머니 어떤 예감이 떠올랐다. 나는 어떤 높은 건물을 빙 돌아서 선교(작은 배 여러 척을 한 줄로 띄워 놓고 그 위에 널판을 걸처 만든 다리) 쪽으로 멈칫멈칫 걸어갔다. 그리고 반짝반짝 빛나는 커다란 궁형 현판에 고대 글자로 '양자강'이라고 적힌 것을 읽었다. 작은 배가 한 척씩 한 척씩 승객들을 태우고 흔들거리며 어두운 강을 벗어나 반대편 남쪽의 난징으로 향했다. 수많은 계곡에서 흘러나온 강물이 바로 내가 탄 배 밑에서 철썩거렸다. 셀 수 없이 많은 옛 시인들이 바로 이 양자강을 찬양하는 노래를 불렀다. 강물은 우미산 아래 평야에서, 츠비에서, 적벽에서, 치산에서, 동정호에서 흘러온 것이었다. 동정호에 대해, 강남에 대해 그렇게 자주 이야기를 나누었던 내 누이들은 이 태곳적 강이 지금 내 작은 배를 떠받치고 있다는 것을 알기나 할까? 걱정이 가득하신 내 어머니는 당신이 가장 사랑하는 아들이 지금 어디에 있는지 아시기나 할까? 그리고 내게 소동파에 대해 그토록 많은 이야기를 들려주셨던 아버지는 이미 오래전에 노래를 멈추고 대지의 품속에 누워 계셨다. 모든 것들이 침묵했다. 다만 어둠 속에서 강물만이 내 작은 배 밑에서 철썩일 뿐이었다. 마부가 강을 건너서, 셀 수도 없이 많은 나무들로 덮여 있고 수많은 지붕들이 잇대어 있는 작은 골목길과 거리를 가로지른 뒤 나를 어떤 여관에 데려다주었다.

우연히도 나는 어느 한국인과 같은 집에 묵게 되었다. 그는 다음 날 구경거리가 많은 난징 시내로 나를 안내했다. 이곳은 북쪽 도시들에 비해 모든 것이 부드럽고 생기발랄했다. 심양에는 두 겹, 세 겹의 육중한 성벽이 있었지만 이곳은 그것 대신 운하와 수양버들이 있었다. 그리고 이곳에서는 가냘픈 여인들이 작은 배의 노를 젓고 있었지만, 심양에서는 병정 모습을 한 건장한 사내들이 무기를 들고 이리저리 돌아다녔다. 예쁜 창살들이 있는 집들, 부드러운 활 모양의 지붕들, 운하 위로 나 있는 나무다리가 수면과 어우러져 푸르게 빛나고 있었다.

그날 오후, 나는 마차를 타고 명 태조의 묘를 참배하러 시외로 나갔다. 그는 500년 전에 중국을 통치했고, 원나라에 파괴됐던 제국을 온전하게 재건했던 인물이었다. 그는 처음에는 시주승에 지나지 않았고, 그의 첫 추종자들도 모두 거지들이었다. 그러나 이 시주승은 남달랐다. 그는 비밀스런 계획을 품고 있었고, 때때로 그의 두 눈에서는 초인적인 광채가 번뜩였다. 그 눈빛을 본 사람들이라면 누구라도 분명 그를 두려워했을 것이다.

조선에서는 이 시주승이 황해도에서 태어났다는 전설이 전해지고 있었다. 작은 나라인 조선에서는 가능한 한 모든 것을 조선의 것들과 관련짓는 것을 좋아했다. 그래서 이 시주승이 한반도와 만주에서 걸식했다는 전설도 전해오고 있었다. 조선의 이성계가 가슴속에 큰 야망을 품고 중국으로 가는 도중에 그를 만났다는 곳이 바로 이곳이었다. 두 젊은이는 외따로이 살고 있는 어느 노파의 작은 집에서 묵게 되었다. 노파는 떡과 술로 두 사람을 접대했다. 그런데 가난한 노파는 이상하게도, 너무도 값진 술잔을 두 개나 지니고 있었다. 하나는 금으로 되어 있었고, 다른 하나는 은으로 되어 있었다. 장차 자신이 군주가 될 것이라고 자신만만해했던 이성계는 그 노파가 자기에게는 금잔을 가난한 시주승에게는 은잔을 건네줄 것이라고 확신했다. 그러나 노파는 정반대로 했다. 이성계는 불쾌감을 드러내지 않았다. 큰 사람이 사소한 일에 발끈해서야 되겠는가?

이튿날 아침, 두 사람이 노파에게 작별 인사를 한 뒤 막 길을 떠나려고 할 때였다. 노파가 이성계의 팔을 잡아당기며 말했다.

"저 사람 혼자 중국으로 가게 두게. 자네 길은 동쪽일세!"

시주승이 작별 인사를 하려고 몸을 돌리는 바로 그 순간, 이성계는 그의 눈에서 초인적인 빛을 보았다. 이성계는 고려로 돌아와 조선을 세웠다. 그리고 같은 시기에 중국에서는 명 왕조가 시작되었다는 이야기가 들려왔다.

한 시간이 지나서야 마차는 두 개의 거대한 호랑이 석상 앞에 멈춰 섰다. 우리는 석상에 둘러싸인 비탈길을 천천히 올라갔다.

그리고 여러 개의 문과 뜰을 지나, 둥그런 언덕까지 걸어갔다. 그 언덕은 거의 산만큼 커서, 우리의 조망을 꽉 막고 있었다. 옛날 그 시주승의 무덤이었다. 좁다란 도랑이 그 무덤과 우리 사이를 가로지르고 있었다.

해거름 녘이 되어서야 우리는 죽림을 지나 시내로 돌아왔다. 서늘한 미풍이 마음을 상쾌하게 했다. 나는 젊은 연인 한 쌍과 마주쳤다. 그들은 서로 이야기도 나누고, 노래도 부르고, 연주도 하면서 산책을 하고 있었다. 돌멩이 하나하나가 수천 년의 세월을 말해 주고 있는 난징 땅 위의 모든 것들이 너무도 아름다웠다. 버들가지도, 새소리도, 산들바람도, 음식점도 이미 오래전부터 잘 알고 지냈던 것들처럼 친숙하게 여겨졌다.

저녁에 우리는 초록색과 황금색 벽지를 바른 중간 크기의 방에서 술을 마셨다. 나는 우연히 만난 조선 남자와 함께 중국 생활에 대해, 그리고 조선 사람들이 너무도 잘 알고 있는 난징의 유적들에 대해 이야기를 나누었다. 그는 이곳 난징에서 공부를 했고, 지금은 이웃 도시에서 교사로 살아가고 있다고 했다. 자정이 지나서 우리는 작별 인사를 나누었다. 나는 파랗게 도배된 작은 방에 놋쇠 침대 하나가 놓여 있는 위층의 내 숙소로 올라갔다. 자그마한 화장대 한 개, 하얀색 옷장 한 개, 수를 놓은 양산 한 개가 비좁은 방을 가득 채우고 있었다.

기다림

상해에 도착했다. 나는 조선의 유학생들을 상담해 주는 사람을 찾아가서 유럽으로 가고 싶다는 뜻을 밝혔다. 상담원은 말투로 보아 북쪽 지방 사람 같았고, 매우 선량해 보이는 중년 남자였다. 그러고 나서 내게 출생지와 학력 그리고 가족 관계에 대해 물었다. 그는 최선을 다해 중국 정부의 여권을 얻어 주겠노라고 내게 약속했다. 또한 중국의 관리들이 우호적인 마음에서 흔쾌히 승낙을 할 테지만, 재촉할 수는 없는 일이니 인내심을 갖고 기다리라고 했다.

그러나 그 일은 너무도 오래 걸렸다!

한 주일 한 주일, 아름다운 가을의 여러 날이 흘러가 버렸다.

그러고는 비가 내리기 시작했다. 우기에 접어든 모양이었다. 매일 아침부터 저녁까지 가랑비가 내렸다. 공기가 점점 싸늘해졌다. 여관방은 한국처럼 구들에 불을 지피지도 않았고, 화로나 난로도 없었기 때문에 나는 꽁꽁 언 채로 있어야 했다. 그래서 비가 내려도 가까운 시내 주변을 산책하기 위해 자주 외출을 했다. 가장 가까이에 있는 들판까지 걸어가는 데만 해도 한 시간이 넘게 걸렸다. 이 거대한 도시는 어느 방향으로든 끝이 보이지 않았다. 이곳도 심양처럼 평지였다. 언덕도 없었고, 시냇가도 없었고, 만주에서처럼 폭풍조차 일지 않았다. 빛을 잃은 희뿌연 하늘에서 빗방울이 부슬부슬 내렸고, 곧바로 검은 콜타르 길 위로 흩뿌려졌다.

저녁 무렵이었다. 서쪽 하늘이 조금 환해지면서 불그스름한 기색이 엿보였지만, 이내 축축한 해거름 뒤로 사라져 버렸다. 평평한 벌판 위로 안개가 빠르게 번져 나갔다. 그것은 키 작은 나무들과 덤불숲을 점점 뒤덮어 버리더니, 마침내 길도 알아볼 수 없게 되었다. 검은 옷칠이 되었으며, 어떤 이유에서인지 땅에 묻히지 않은 채 들녘의 작은 돌무더기 위에 올려져 있던 관들이 이리저리 움직이는 안개무리 속에서 마치 유령처럼 떠다니고 있었다. 그러더니 다시 비가 내리기 시작했다.

어느 날 저녁, 때때로 같은 식당에서 함께 식사를 하곤 했던 고국 사람이 이곳에는 나 말고도 조선 학생들이 몇 명 더 있다고 말해 주었다. 그는 그들도 여권이 없어서 유럽으로 가지 못하고 있다고 했다. 나 말고도 네 명의 조선 학생들이 나처럼 황량한 방에 앉아서 행운의 소식이 오기를 마냥 기다리고 있다는 것을 알게 되었다. 그들은 이미 여름부터 이곳 상해에 와 있었고, 공부를 위해 프랑스에 가려고 했다. 거의 반년이 넘도록 여권을 기다리고 있던 그들은 지금은 몹시 낙담하여, 여행할 수 있다는 희망마저 포기한 상태였다. 그래도 그들은 이곳에 머물면서 기다리는 것 말고는 달리 할 수 있는 것이 없었다.

　매일 저녁, 그들은 함께 모여 담배를 돌려 피우기도 하고, 장기를 두기도 하고, 몸을 따뜻하게 하려고 독한 화주(보드카나 위스키처럼 불을 붙이면 탈 수 있을 만큼 독한 증류 술)를 마시기도 하고, 때로는 그들이 책에서 많이 읽었던 프랑스 사람들의 생활에 대해 이야기를 나누기도 했다.

　그들 가운데 '봉근'이라는 사람이 있었는데, 그는 아주 어렸을 적에 프랑스에 한 번 다녀온 적이 있다고 했다. 그는 자기가 독일의 여러 도시들도 잘 알고 있으니, 정말 우리가 여행을 갈 수 있게 되면 나를 독일로 데려다주겠노라고 약속했다. 그러나 나는 당분간은 이렇듯 단조롭고 음산한 파우 강 거리에 앉아 장기나 두면서 추위에 오돌오돌 떨며 지내야 했다. 하루하루 우리들의 용기는 침몰되어 갔다.

어느덧 겨울이 지나고 봄이 되었다. 원양 여객선들이 한 척한 척 항구를 떠나 서쪽으로 항해를 시작했다. 마침내 우리에게도 가슴 벅찬 기쁨의 날이 왔다. 우리 모두 여권을 받게 된 것이다. 그러나 모두들 어떻게 여행 준비를 해야 할지 몰라서 허둥댔다. 우리는 물건을 사고 짐을 꾸리면서, 밤낮으로 여행 준비를 했다.

차를 타고 항구로 향해 가고 있는 우리의 길을 흐릿한 햇빛이 비추어 주었다. 우리는 한동안 말없이 거대한 증기선을 바라보았다. 그것은 끊이지 않고 이어지는 사람들의 물결 따위에 아랑곳하지 않는 듯했다. 우리는 다른 사람들을 따라 정말 끝도 없는 계단을 오르고 올랐으며, 셀 수 없이 많은 통로를 지나고 지나서, 마침내 갑판에 이르렀다. 바로 그 밑에 우리의 공동 선실이 있었다. 사람들은 이리저리 뛰어다녔고, 서로를 부르며 소리를 질러 댔다. 그리고 그들은 악수를 하고, 웃고, 울었다.

뱃고동 소리가 낮게 울렸다. 그러자 거대한 배가 바다를 향해서서히 뱃머리를 돌렸다. 바닷가에선 긴 여행을 축원하는 불꽃이 하늘 높이 쏘아 올려졌다. 손을 흔드는 사람들도, 바닷가 집들도 서서히 녹아들어 한 줄이 되었다가 곧 사라져 버렸다. 한 번 더 뱃고동이 울렸다. 증기선은 양자강 어귀를 벗어나 높은 파도 속으로 미끄러져 들어갔다. 그 위로 희뿌연 하늘이 넓게 펼쳐졌다.

바람이 적당히 불었고, 간간이 가랑비도 내렸다. 배는 낮게 흔들거리며 남쪽을 향해 나아갔다. 저녁에 불현듯 중국 송 왕조의 비극적인 종말이 떠올랐다. 장엄했던 중화 제국은 싸움에서 차례차례 패했고, 결국 몽고족의 말발굽에 짓밟히고 말았다. 나약한 황실은 이 궁전에서 저 궁전으로 도망 다녔고, 마침내는 이 바다로 도망치게 되었다. 그러나 무자비한 몽고 장군은 계속 추격했고, 그의 함대가 황제의 배를 점령했다. 그 배에는 두려움에 떨고 있는 열두 살의 어린 황태자와 찬란했던 송 왕조의 마지막 신하였던 재상이 남아 있었다. 그는 움직이지 않고 그곳에 앉아서 한참 동안 석양을 바라보고 있었다. 마지막 황제인 귀한 아이의 가슴에 그는 송 왕조의 국새를 단단히 묶은 다음, 그 아이를 품에 안고 거센 파도 속으로 뛰어들었다.

천 년도 훨씬 전에 남지나해(남중국해)에서 일어났던 일이었다. 어쩌면 우리가 지금 지나가고 있는 이곳이 그곳일지도 몰랐다. 거친 파도 위로 노을이 졌다. 정크선 한 척이 홀로 우리 항로를 따라오고 있었다. 나는 선실로 내려갔다.

할인된 승선표를 갖고 있었던 동양 학생들에게는 이른바 '대학생 선실'이 배정되었다. 그것은 뱃머리 쪽에 있는 널찍한 화물칸을 비운 다음 개조해 만든 것이었다. 100여 명의 대학생들이 벌써 자리를 잡아 놓고 그곳에 누워 있었다. 나는 희미한 불빛 속에서 더듬더듬 좁은 통로를 지나 왼쪽 뒤에 있는 구석 자리로 갔다. 거기에 내 자리가 있었기 때문이었다. 우리 조선 출신의 대학생들은 여행하는 동안 함께 지내기 위해 모두 그곳에 자리를 잡았다. 중국 학생들과 대화를 나누는 것은 쉽지 않았다. 중국의 현대적인 구어체의 말은 우리가 서당에서 배운 고전 한문 발음과는 너무 달랐기 때문이었다. 우리들 가운데 단 한 명만 현대 중국어를 구사할 줄 알았다. 난 겨우 조금 그것을 알아들을 수 있었다. 그래서 중국 학생들과 깊이 있는 대화를 나누려면 우리는 때때로 붓을 잡았다. 글자마다의 뜻과 문체는 변하지 않은 덕분이었다.

출발한 지 사흘 만에 사이공에 도착했다. 우리는 육지로 갔다. 그러나 좋은 안내자를 구하지 못해 많은 것을 볼 수는 없었다. 우리는 열대 식물이 울창한 공원 같은 곳을 정처 없이 배회하다가 동물원에 이르렀다. 모두 너무 지쳐서, 무더운 오후의 나머지 시간을 동물원에서 보내기로 했다. 공기가 적당히 선선해졌을 때 우리는 갈대밭 사이로 나 있는 오솔길을 따라 배로 돌아왔다. 우리는 베트남의 집들을 조금밖에 보지 못한 것이 못내 서운했다. 광활한 중국 땅을 가로질러 가야 하는 이 나라는 우리나라에서 너무 멀리 떨어져 있었다. 그래서 우리는 이 나라에 대해 잘 알지 못했다.

이튿날 아침 일찍, 베트남 학생 다섯 명이 우리 선실을 찾아와서 같이 지내고 싶다고 말했을 때 나는 너무 반가웠다.

베트남에서도 한자를 사용했기에 나는 그들과 대화를 나눌 수 있었다. 베트남 학생들도 우리가 한국에서 온 것을 알고 매우 좋아했다. 한동안 말없이 우리가 대화하는 것을 듣고 있던 한 학생이 펜으로 '한국은 북쪽의 예의지국, 베트남은 남쪽의 예의지국'이라고 썼다.

대양에서

남쪽으로 갈수록 날씨는 더 뜨거워졌다. 싱가포르 근처에서는 차양 없이는 햇볕에 앉아 있을 수도 없을 정도였다. 그런데 바로 이 뜨거운 열기가 내 악성 눈병의 원인이 된 것 같았다. 아침에 잠에서 깨어나니 두 눈을 찌르는 통증이 느껴졌다. 사람들은 내 두 눈이 새빨개져 있다고 했다. 나는 선상에서 근무하는 의사에게 찾아갔다. 그는 잠시 동안 내 눈을 검진한 뒤에 눈에 통증을 완화시키는 연고를 바르고, 붕대를 단단히 감아 주었다. 그는 내가 어떤 병에 걸렸는지에 대해서는 설명해 주지 않고 가능하면 붕대를 풀지 말라고만 했다. 그래서 싱가포르에 정박했을 때 나는 뭍으로 나갈 수 없었다.

통증이 계속되었다. 그러나 의사의 경고에도 불구하고, 멀리서라도 그 도시를 보고 싶어서 붕대를 떼고 말았다. 그 때문에 염증은 더욱 악화되고 말았다. 연회색의 희미한 빛 말고는 아무것도 보이지 않았고, 통증 탓에 두 눈이 화끈화끈거렸다. 의사는 태양열에 눈이 자극받는 것을 피해야 하니 며칠간 선실에서 누워 있으라고 말했다. 나는 시키는 대로 했다. 시원한 선실 안이 바깥보다는 나았기 때문이기도 했다. 가만히 누워 있으니 파도 씻기는 소리가 들려왔다. 잠을 자다가 깨어나면, 나는 또 그 파도 소리에 귀를 기울였다. 내가 다시 볼 수 있게 되었을 때는 수마트라 해협을 지난 지 한참 뒤였다. 우리 배는 어느덧 인도양을 떠가고 있었다. 넓디넓은 대양에는 아무것도 보이지 않았다. 정크선도, 섬도, 해안선도 보이지 않았다.

사방으로 파도만 굽이쳤고, 그것은 짙푸른 하늘 아래서 활개를 쳤다. 그래도 나는 파라솔 그늘 밑에서 두 눈을 뜨고 누워서 수다를 떠는 것이 너무 좋았다. 조선 학생들은 중국 학생들만큼 부지런하지는 않았다. 중국 학생들은 책 읽는 것을 좋아했다. 그들 대다수는 서늘한 장소에서 아무 방해도 받지 않고 책을 읽고 싶어 했다. 해서 그들은 대부분의 시간을 자기들의 숙소에서만 지냈다. 손에 책을 들고 있지 않은 중국 학생을 거의 본 적이 없을 정도였다. 그러나 그와는 반대로 책을 읽는 조선 학생을 거의 볼 수 없었다. 베트남 학생들도 책을 읽기는 했지만, 중국 학생들처럼 경전이 아닌 오락물만 읽었다. 그들은 주로 단편과 장편 소설을 읽었는데, 베트남어로 된 것도 있었고, 프랑스어로 된 것도 있었다. 그들은 프랑스어로 된 책을 읽을 때는 묵묵히 읽기만 하다가, 베트남어로 된 소설을 읽을 때면, 반쯤 노래하듯이 낭송을 했다. 사람들은 이들의 행동을 지켜보면서 웃음을 지었다. 그러나 나는 조금 야릇한 기분이 들었다. 그들 나라에서 아주 멀리 떨어져 북쪽 고지대에 살고 있는, 우리 조선 사람들도 그들과 똑같은 방식으로 소리 내어 책을 읽었기 때문이었다. 나는 고향 생각이 났다.

갑판 위에는 동아시아 출신의 대학생 말고도 싱가포르에서 승선한 인도 사람들도 눈에 띄었다. 그러나 그들은 대학생이 아니었기 때문에 우리처럼 대학생 선실에 머물지는 않았다. 그렇다고 일등칸이나 이등칸에 있는 것 같지도 않았다. 그들은 줄곧 갑판 위에서만 지냈다. 그곳에서 잠을 자고, 식사를 했다. 머리가 하얗게 센 노인 두 명과 노파와 젊은 여인이었다. 그들은 갑판 한가운데 자리를 잡고, 작은 짐과 이불로 살림집처럼 꾸며 놓고 있었다.

아주 오래전에, 그러니까 대략 700~800년 전에 수많은 조선의 학자들이 성스러운 가르침의 원천지에서 자신을 정화하려고 인도로 갔다. 그들은 이 '서방정토'를 순례하기 위해 만주와 몽고, 쿠쿠노르, 티벳 고원을 가로질러 2년이 넘도록 걸어가야 했다. 순례자들 가운데서 많은 사람들이 도중에 죽었다. 히말라야의 좁은 고갯길을 건널 수 있는 행운은 고작 몇 사람들만 누릴 수 있었다. 경이로운 세계에 도착해, 마침내 황금 사원 앞에서 인도 현자들의 설교를 들을 수 있었던 그 순례자들의 기분은 과연 어땠을까!

갑판 위에 있는 인도 사람들은 조용한 사람들 같아 보였다. 그들은 묵묵히 그곳에 앉아 있었다. 어쩌다가 작은 소리로 속삭이기는 했지만, 그들은 줄곧 드넓은 바다에서 부드럽게 출렁이는 파도를 바라만 보고 있었다.

콜롬보에서는 비가 내렸다. 그럼에도 불구하고 모든 사람들이 잔교(부두에 선박이 닿을 수 있도록 하는 다리 모양의 구조물)로 달려가, 실론 섬을 구경시켜 주겠다는 여행 안내자를 뒤따라갔다. 사이공에서는 안내자가 없어 제대로 구경을 하지 못했던 우리들도 그들을 따라갔다. 사람들은 큰 무리를 지어서 천천히 시내를 돌아다녔다. 인도 사람들의 작은 상점을 제외하고 모두 유럽풍 집들만 즐비해 있어서 우리는 서울이나 상하이와 인도가 별반 다르지 않다는 느낌을 받았다. 우리들 중 누구도 어디로 이끌려 가고 있는지 몰랐다. 그러나 구경거리를 놓치지 않으려고, 단

한 사람도 뒤로 쳐지지 않았다. 마침내 시내를 벗어났다. 우리는 대나무 습지와 야자수 농장을 지나 외따로이 서 있는 큰 건물로 들어갔다. 나중에 안 것이지만 그 건물은 박물관이었다. 그곳에는 수천 개의 불상이 있었다. 안내자는 알아들을 수 없는 말로 우리에게 설명해 주었고, 우리는 완전히 탈진할 때까지 전시실 이곳저곳을 정신없이 뒤따라 다녔다. 우리들 가운데 예술가나 수도승이 있었다고 해도, 과연 이 짧고 값진 시간 동안 불상들을 연구하면서 보내고 싶어 했을까? 관람객 무리들은 안내자가 설명하는 것을 이해하려고도 하지 않았고, 불상들을 세심하게 관찰하려고도 하지 않았다. 지루해진 많은 사람들은 어디든 멈춰 서기만 하면, 주머니에서 책을 꺼내 읽었다. 나중에는 '팁' 문제가 발생해서 성가셨다. 우리는 불상을 관람한 시간보다 훨씬 더 많은 시간을 그 일에 허비해야 했다. 그러고 나서 우리는 출항 시간을 놓치지 않기 위해, 숨이 차도록 뛰어서 배로 돌아와야 했다.

다음 날, 구름들이 다 쓸려 가 버린 것처럼 하늘에는 하얀 띠조차 없었다. 순색의 쪽빛 하늘에서 태양이 제 몸을 불사르고 있었다. 갑판은 텅 비어 있었다. 더위 정도는 잘 견딜 것처럼 보였던 인도 사람들까지 시원한 선실에서 책을 읽었다. 그러나 저녁이 되자, 갑판은 다시 활기를 띠기 시작했다. 배에 타고 있는 온갖 종족의 여행객들이 갑판 위로 모습을 드러냈고, 모두들 자기들 방식대로 즐거운 시간을 보냈다. 조선 대학생들의 구역에서는 우리 다섯 명이 모두 모여 앉아, 언변 좋은 김 씨에게 그의 고향 이야기를 들었다. 조선 대학생 하나가 한 병이 채 되지 않는 술과 프랑스 사탕 몇 개를 준비했다. 일주일 전부터 저녁 환담을 위해서 조선 대학생들은 차례차례 돌아가면서 마실 것을 마련하는 것이 관례가 되었다. 그러나 이 관례를 지키는 일은 쉽지 않았다. 식사 때 마개를 딴 채 병으로 제공되는 것 이외에는 무슨 이유에서인지 술과 음료수가 금지되었다. 식사 시간 외에는 술과 기타 기호 식품들은 팔지 않았다. 우리들 중 한 명이 갑작스럽게 졸도를 해서 원기를 보강하기 위해 그것들이 필요하다는 말로 종업원을 설득하기 위해서는 상당한 언변술이 필요했다. 그래서 적은 양으로 나누는 이 즐거움은 그만큼 더 크고 소중했다.

옛 고려 왕조의 수도인 송도 출신의 김 씨는 수많은 명문가들의 일화를 알고 있었다. 그는 우리들에게 그것을 하나씩 들려주었다.

우리는 뱃머리 아주 가까이에 있는, 횡목(가로질러 둔 나무) 뒤편의 밧줄 권양기(밧줄이나 쇠사슬로 무거운 물건을 들어 올리거나 내리는 기계) 옆에 자리를 잡았다. 이곳은 가장 조용한 곳이어서, 아무도 우리를 방해하지 않았다. 바다와 가장 가까웠기 때문에 우리들의 말소리는 철썩이는 파도 소리 틈에 곧바로 섞였다. 그래서 대개 학문적인 대화에 푹 빠져 있던 중국 대학생들도, 소곤소곤 이야기하던 인도 사람들도 방해하지 않았다. 베트남 사람들은 우리와는 꽤 멀리 떨어져 있었다. 그들은 여러 개의 궤짝 위에 자리를 깔아 놓았다. 이곳에서는 한국어와 중국어와 인도어가 자기 방식대로 웅성거리면서 하나의 소리를 짜냈다. 갑자기 조용해졌다가는 또다시 벌집처럼 윙윙거리기도 했다. 그러다가 마침내 모두 잠잠해졌다. 한 사람 한 사람 잠이 들었기 때문이었다. 다만 김 씨만 낮은 목소리로 그의 고향 이야기를 계속했다. 여객선 '폴르카' 호는 달빛 비치는 인도양 어딘가에 그렇게 떠 있었다.

해안

배가 지부티에 정박했다. 이런 진기한 이름을 나는 난생처음으로 들었다. 사람들은 이런 황량한 아프리카 구석진 곳까지 달려온 것은 단지 석탄 때문이라고 했다. 실제로도 항구의 풍경은 삭막해 보였다. 모래 해변 위로 하얀 집 한 채가 서 있었고, 입구에는 종려나무가 달랑 두 그루 서 있었다. 열사병이 두려웠는지 오직 몇 사람만 뭍으로 가는 모험을 감행했다. 내 동료들은 오랜 고민 끝에 작은 보트에 올라타, 나무 한 그루 없이 작열하고 있는 해안으로 건너갔다. 불볕 속에서 모든 것은 절망적으로 보였다. 이곳에는 돌투성이의 제방과 모래 언덕이 전부였다. 그 뒤에 있는 작은 카페에서 흑인 아이들 몇몇이 손님들에게 부채질을 해 주고 있었다. 우리는 육지 안쪽으로 계속 걸어갔다. 생애 처음으로 발을 들여놓은 이 아프리카 대륙에 대해 우리는 가능한 한 많은 것을 알고 싶었다.

그러다가 우리는 외따로이 있는 어느 작은 집 앞에서 걸음을 멈추었다. 인도인의 학교인 것 같았다. 웬 나이 든 인도 사람이 벽 가운데 앉아 있었고, 스무 명쯤 되는 아이들이 벽을 따라서 입구 있는 데까지 쪼그리고 앉아 있는 모습이 보였다. 아이들 앞에는 작은 책상이 하나씩 놓여 있었고, 그 위에는 필사본으로 된 책이 펼쳐져 있었다.

그다음에 우리는 원주민 마을로 갔다. 좁은 길 위에 집들이 두 줄로 늘어서 있었다. 좁다란 길은 타오르는 사막 이편에서 또 다른 사막 저편으로 나 있었다. 집 안팎에 흑인 남녀들이 앉아 있었고, 그들은 크고 맑은 눈망울로 우리를 바라보았다. 우리는 그 좁은 거리를 서둘러 가로질러 갔다가 다시 되돌아 나왔다. 황량한 사막 한가운데에 있는 마을이 어찌나 쓸쓸하던지! 우리는 입구에서 한 번 더 그 마을을 되돌아보았다. 그리고 다시 배로 돌아왔다.

거기에는 졸졸졸 흐르는 시내도, 과일나무도, 곡식이 물결치는 들판도 없었다. 열 지어 서 있는 집들이 베풀어 주는, 고작 두 개의 그늘이 전부였다. 고요한 달밤, 그곳에 있는 누군가는 어떤 기분일까!

배는 홍해를 지나갔다. 어느 날 이른 아침, 봉근이 나를 깨워 갑판으로 데려고 갔다.

"시나이 산이야!"

그가 산봉우리를 가리키며 말했다. 그러나 아쉽게도 그것은 이미 너무 멀리 있었다. 그날 밤 우리는 수에즈 운하를 통과했다. 여객선은 모래 해안 사이로 난 좁은 수로를 아주 힘겹게 지나갔다. 창백한 달빛에 비친 황량한 풍경이 좌우로 펼쳐졌다. 수 많은 작은 창문들이 다채롭게 빛나는 배는, 차라리 걷는 것이 더 빠를 만큼 아주 더디게 그 텅 빈 유령의 사막 사이로 미끄러지 듯 지나갔다.

날씨가 서늘해졌다. 대기가 더 험악해졌고, 파도가 높이 치솟아올랐다. 그러나 때때로 신선한 바람이 갑판 위로 불어오기도 했다. 다시 봄이 되었다. 배는 가볍게 흔들거리며 짙푸른 지중해 하늘 아래를 지나갔다. 그때 북쪽에서 크고 작은 섬들이 나타났다.

"그리스의 섬들이야!"

봉근이 내게 속삭였다. 나는 정말 깊은 감동을 받았다.

"그리스다!"

나는 크게 외쳤다. 아쉽긴 했지만, 멀리서라도 소크라테스와 플라톤의 고향을 볼 수 있었다. 산과 계곡이 제대로 분간되지 않았다. 안개에 뒤덮인 산과 계곡들이 바로 우리 곁을 스치며 미끄러져 갔다. 우리는 마침내 유럽의 해안을 따라 항해하고 있었다. 유럽이 바로 저곳에 있었다. 우리는 모두 미소를 지었다.

늦은 오후가 되니 파도는 더욱 거세졌다. 해가 먹구름 뒤로 사라지면서 눈 깜빡할 사이에 날이 어두워졌다. 선원들이 와서, 폭풍이 다가오고 있으니 선실로 들어가라고 충고했다. 위에서는 굵은 빗방울이 떨어지고 있었고, 밑에서는 파도가 위로 치솟아 오르고 있었다. 갑판은 텅 비워졌고, 허리케인은 빠르게 돌진해 왔다. 거대한 우리의 배는 점점 더 심하게 흔들리더니, 마치 호두 껍데기처럼 바다 거품 속에서 너울거렸다. 배는 반쯤 파도 아래로 잠겼다가는 도로 솟구쳐 오르고, 또다시 깊숙이 가라앉기를 반복했다. 선실에 있는 사람들은 모두 끙끙댔고, 배는 삐걱대고 꺽꺽대며 폭풍과 맞서 싸웠다. 밤이 그렇게 지나갔다. 바다 폭풍을 한 번도 경험해 본 적이 없었던 나는 기분이 썩 좋지 않았다.

다음 날 아침, 마치 환영처럼 모든 것이 사라졌다. 태양이 빛나고 있었고 바다 수면은 거울처럼 매끄러워져 있었다. 배는 흔들림 없이 앞으로 나아갔고, 에트나 화산이 봄바람 속에서 연신 연기를 뿜어 대고 있었다.

우리는 점점 대륙 가까이로 다가가고 있었다. 배가 메시나 해협을 지나갔다. 산들이 가까워졌다가 다시 멀리 사라졌다. 건물들이 늘어선 언덕이 우리 곁을 스쳐 지나갔다.

햇빛이 비치는 들녘에서 농부들이 일하는 모습이 보였다. 또 기차가 해안을 따라 달리다가 이내 터널 속으로 들어가는 것도 보였다. 몇 시간 후면 우리는 이 모든 것들과 헤어져야 했다. 우리 배는 자기 고향의 항구로 가기 위해 바다의 물살을 가르며 마침내 빠르게 질주했다. 정오를 조금 지나서 우리는 마르세유 항구에 도착했다. 잔교가 내려지고 2,000명이 넘는 사람들의 행렬이 움직이기까지는 아주 긴 시간이 걸렸다. 동양에서 온 학생들은 여전히 함께했다. 각자 짐을 들고 유럽 땅에 발을 내디뎠다. 그러고는 누군가를 기다리며 서 있었다. 프랑스에 사는 중국 학생회 회장이 우리를 도와주려고 마중 나온다고 했기 때문이었다. 그러나 그도 우리를 어디로 데려가야 할지 잘 모르고 있는 것 같았다. 오랜 논의 끝에 우리는 거리들을 가로질러 걸어갔다. 이윽고 학교처럼 보이는 건물의 넓은 마당에 이르렀다. 여기에서 학생회 회장이 긴 환영의 인사말을 했다. 그는 앞으로 머물게 될 이 나라의 풍속과 관습에 주의하고, 5,000년 문화 민족의 후손답게 처신을 해 달라고 당부했다. 그는 공자도 남의 나라에서는 그곳의 풍속에 따라 살아야 한다고 가르쳤다고 말했다.

연설과 여러 가지 유용한 충고를 들은 후, 우리는 한 사람씩 어떤 방으로 불려 가서 상담을 받았다. 그때 사람들은 여권과 성적 증명서, 그리고 각자 지니고 있던 재산들을 꺼내어 보여야 했다. 그러고는 체류 허가와 프랑스 여러 대학의 통지와 그 밖의 중요한 서류를 받았다. 사람들은 한 무리씩 한 무리씩 교정을 떠났다. 마침내 우리 두 사람, 봉근과 내 차례가 되었다. 우리는 짧게 상담을 마치고 나왔다. 어느덧 저녁이 되어 있었다. 봉근은 나를 독일까지 데려다주겠다던 약속을 잊지 않고 있었다. 그에게 얼마나 고마웠던지! 우리는 함께 여행을 했던 다른 사람들과 작별 인사를 나누었다. 단 두 명만 영국으로 계속 여행할 생각을 하고 있었고, 나머지는 모두 프랑스에 남기로 했다. 봉근과 나는 작은 식당으로 들어가서 계속될 여행에 대해 의논했다. 봉근은 내가 독일에서 공부를 시작하게 되면 나중에 이곳으로 오기 힘들 테니, 먼저 파리 시내부터 구경하지 않겠느냐고 내게 물었다. 나는 그의 제안을 거절하면서, 오늘 밤에라도 독일로 가자고 말했다. 저녁이 되었을 때 까닭 모를 비애감이 밀려왔다. 나는 유럽 땅에서 처음으로 경험하는 황혼 녘에, 적어도 내 목표를 이루기 위한 학문의 성지로 가는 길 위에 있고 싶었다. 봉근이 잠시 지도를 들여다보더니 리옹-디종-스트라스부르크를 경유하는 열차 편을 선택했다.

우리는 역으로 가서 곧 출발하는 기차에 올랐다. 나는 중년 부인 옆의 구석 자리에 조용히 앉아 있었다. 그리고 봉근은 두 명의 프랑스 남자 사이에 끼어 앉아, 팔짱을 낀 채로 잠이 들었다.

목적지에서

날이 다시 밝았다. 객차에는 우리 두 사람뿐이었다. 다른 승객들은 모두 밤에 내린 것 같았다. 밖에는 들판이며, 시내며, 마을이며, 언덕들이 희미한 아침 햇살 속에서 마치 주마등처럼 휙휙 지나갔다. 기차는 요동도 없이 북쪽을 향해 달려갔다.

"그렇지, 이게 유럽이야!"

봉근이 미소를 지으며 말했다. 그는 이곳에 다시 온 것을 무척 기뻐했다. 그는 들판이며, 집이며, 교회며, 사람들의 복색이며, 자동차며, 우리가 본 모든 것을 내게 설명해 주었다. 그는 프랑스에는 회색 지붕이 많고, 독일에는 빨간 지붕이 많다고 했다. 그러고는 프랑스 사람과 독일 사람의 차이에 대해서도 많은 말을 해 주었다.

우리는 여러 번 기차를 갈아탔다. 저녁 무렵 기차는 라인 강을 건넜고, 다시 밤새도록 달려갔다. 이튿날 아침, 우리는 처음 머물게 될 독일 중부의 어느 작은 도시에 도착했다. 봉근은 유럽에 처음 왔을 때 이곳에서 얼마간 살았다. 그는 이곳은 새로운 환경에 적응하기도 쉽고 대도시보다는 조용하게 공부할 수 있으니, 자기가 했던 대로 내게 이곳에서 얼마간 머물기를 권했다.

우리는 시내를 거닐다가 공원처럼 넓은 지역을 지나가게 되었다. 그곳에는 천상의 그것 같은 부드러운 초록 들판을 가로지르는 아침 햇살이 가득했다. 강을 건너 샛길로 접어들었을 때였다. 우리는 어느 집의 정원 문 앞에 멈춰 섰다.

"여기가 우리가 머물 곳이야!"

봉근이 미소를 지으며 소리쳤다. 그는 잠시 머뭇거리다가 초인종을 눌렀다.

잠깐 기다리고 있으니, 어떤 부인이 나타났다. 그녀는 봉근에게 다시 만나서 반갑다고 인사했다. 그러고는 집 안의 2층에 있는 넓은 방으로 우리를 안내했다. 봉근은 그녀와 오랜 시간 이야기를 나누었다. 그가, 이 부인이 내가 자기 집에 머무는 것을 기꺼이 승낙했노라고 내게 설명해 주기 전까지, 나는 그들의 말을 아무것도 이해할 수 없었다. 그는 내가 적응할 때까지 그곳에서 일주일 정도 함께 머물러 주었다. 그런 다음 봉근은 밤 열차를 타고 다시 프랑스로 돌아갔다. 함께 기차역으로 가면서, 그는 내가 유념해야 할 이 나라의 풍습과 관습에 대해 다시 한 번 주의를 주었다. 그리고 무엇보다, 내가 지금까지보다는 많은 말을 해야 한다고 충고해 주었다.

"넌 말은 너무 적고, 생각은 너무 많아."

그가 웃으며 말했다.

"옛날 동양에서는 침묵을 미덕으로 여겼지만, 서양은 그렇지 않아. 여기에서 침묵은 비사교적인 것을 상징하고, 심지어는 오만함을 상징하기도 해. 항상 사람들과 어울려 대화를 해야 해. 날씨에 대해서든, 기후에 대해서든, 음식에 대해서든, 옷에 대해서든, 어떤 이야기든 상관없어. 우리 인간이 지구상에 존재하고, 또 사회 속에서 사람들과 함께 살아가면서 늘 철학적인 것만 이야기할 수는 없는 거야. 유럽 사람들도 지구상에 살고 있고, 그들은 세상사에 대해 이야기하는 걸 무척 좋아해."

봉근의 호의적인 충고에도 불구하고 나는 선뜻 말할 용기가 나지 않았다. 아직 어휘력이 너무 부족했기 때문이었다. 나는 어눌해 보일까 두렵기도 했고, 또 다른 사람의 감정을 상하게 할까 염려되었다. 그래서 되도록이면 다른 사람과 만나는 것을 피했다. 그 대신 나는 봉근이 독일어 공부를 위해 내게 추천해 준 책을 옆에 끼고 지내기만 했다.

　내가 읽은 첫 번째 책은 『녹색 하인리히』였다. 이해하기 쉽게 쓰여 있다면서 봉근이 내게 추천했던 책이었다. 그러나 나는 이 책마저도 아주 천천히 읽었다. 일일이 단어를 찾아야 했고, 난해한 문장들에서는 그 뜻을 분명하게 이해하기 위해 많은 시간을 숙고해야 했다. 아무도 내게 그것에 대해 설명을 해 주지 않았기 때문이었다. 게다가 나는 설명해 주는 것 자체도 이해하지를 못했다. 지친 두 눈이 더 이상 단어들을 알아볼 수 없게 될 때까지, 나는 혼자서 밤새도록 읽고 생각하고, 또 읽고 생각했다. 때로는, 책을 옆으로 밀쳐놓고 잠시 쉬기도 했다. 서쪽 창문으로는 정원이 모두 내다보였다. 그 초록빛 덕택에 내 두 눈은 금방 치유되었다. 그러면 나는 다시 책으로 돌아와, 또 한 줄씩 한 줄씩 힘겹게 읽어 나갔다.

　바깥은 완연한 여름이었다. 정원에도 길가에도 온통 꽃들이 만발했고, 향기가 났다. 그러나 나는 마음이 편치 않아서 거의 산책을 하지 않았다. 나는 이 난해한 독일어를 익혀 대학에 들어갈 수 있게 될지 도무지 확신이 서질 않았기 때문이었다. 또한 바깥에서 사람들과 있으면 내가 낯선 세계에 있다는 느낌이 더욱 심해졌다. 나는 고요한 늦은 저녁 시간에만 시냇가를 따라 때때로 산책을 했고, 버드나무 밑 벤치에 앉아 있기도 했다. 고요하게 흘러가는 시냇물을 바라보고 있노라면 기분이 좋아졌다. 그것은 졸졸거리며 내 옆으로 쉼 없이 흘러갔다. 나는 종종 이 물이 계속 흐르고 흘러서 마침내는 한국의 서해안에, 어쩌면 연평도에, 어쩌면 외딴 송림 마을에 닿을지도 모른다고 상상하기도 했다.

여름 방학 때 나는 배를 타고 집으로 돌아오면서, 푸른 하늘 아래로 그 연평도와 송림 만이 미끄러져 지나가는 것을 볼 때마다 얼마나 기뻐했던가! 북쪽에선 바위투성이인 수양산이 불뚝 솟아오른 것이 보였다. 작은 통통배가 조심스럽게 용연 만으로 입항했다. 기섭과 용마와 만수가 나를 마중하려고 거기에 있었다. 친구들을 만나 웃고 떠들면서 고향의 들녘을 지나, 어머니가 기다리고 있는 우리 마을로 들어설 때면 어찌나 기뻤던지. 어머니는 대문 앞에서 나를 기다리고 계셨다.

"이 어미에게로 돌아왔구나!"

어머니가 웃으며 나를 반겨 주셨다.

어머니가 그렇게 환하게 웃으시는 것을 보면 나는 얼마나 좋아했던가!

나는 친구들과 함께 매일같이 산속에 있는 시냇가로 떡을 감으러 가기도 했고, 그 옛날 우리 학교의 운동장에서 정구를 치기도 했다. 저녁때는 종종 우리 집 정원에 모여 앉아 이야기를 나누기도 하고, 악기를 연주하기도 했다. 만수는 정말 놀랄만치 피리를 잘 불었다. 용마는 자기가 읽은 톨스토이의 소설들에 대해 이야기하는 것을 좋아했다. 기섭은 여전히 조용했다. 그는 그저 빙그레 미소 지으며 다른 친구들이 말하는 것을 듣기만 했다.

세 친구들은 모두 내 어머니를 아주머니라고 불렀다. 그리고 착한 구월이는, 채소밭에 가서 잘 익은 참외를 따 오라며 우리를 종종 들볶기도 했다.

내가 친구들과 함께 있을 때를 보시며 어머니는 얼마나 기뻐하셨던가! 우리에게 음식과 술을 가져다주시면서 또 얼마나 좋아하셨던가!

어머니는 지금 무엇을 하고 계실까? 주무시고 계실까, 아니면 깨어 계실까? 혹시 외로운 마음에 빈 뜰에 홀로 앉아 계신 것은 아닐까? 너무 먼 미지의 세계로 떠나 버려 더 이상 보호해 줄 수 없는, 겁 많고 연약한 당신의 아이를 그리워하고 계신 것은 아닐까?

사방에 다알리아 꽃이 피어 있었다. 오후 햇볕 속에서 꽃들은 눈부시게 아름다웠다.

어느덧 가을이 다가오고 있었다. 나는 처음 읽었던 책을 다

끝내고, 지금은 『격언시』를 읽고 있었다. 이젠 단어를 많이 찾지 않아도 되었기에, 첫 번째 책을 읽었을 때보다는 책 읽는 것이 훨씬 수월해졌다. 아침저녁으로 날씨가 제법 쌀쌀했다.

가을은 빠르게 다가왔다. 종종 수면 위로 저녁 안개가 내려앉았고, 길 위에는 점점 더 많은 낙엽들이 바람에 휘날렸다. 추수가 시작된 지 꽤 되었을 테니, 지금쯤 어머니는 어느 농장에 계실 거라는 생각이 들었다. 돌다리 아저씨가 있는 송림에 계실까? 강물에 있는 수암의 집에 계실까? 산속에 있는 석담에 계실까? 나는 꼭 한 번 석담이라는 마을에서 지낸 적이 있었다. 이곳에선 밀만 수확되었는데, 산속 깊이 있었기 때문에 걷는 것이 무척 힘이 들었다. 이곳을 오가려면 사람들은 오랜 시간 동안 좁고 가파른 길을 걸어야 했고, 바닥이 온통 돌투성이인 넓은 강을 건너야 했다.

나는 고향에서 소식이 왔는지 알아보려고 날마다 우체국에 갔다. 그러나 매번 빈손으로 돌아왔다. 독일에 도착한 지 벌써 다섯 달이 지나가고 있었다. 나는 점점 불안해졌다. 내 편지가 고향에 전달되지 않은 것은 아닌지, 그 때문에 매년 고향 소식도 못 들은 채 이곳에서 영원히 살게 될까 봐 두려웠다.

언젠가 우체국에서 집으로 돌아오던 길이었다. 나는 어느 낯선 집 앞에 멈춰 섰다. 빨간 열매가 맺힌 꽈리 한 포기가 햇볕 반짝이는 그 집 정원에 피어 있었기 때문이었다. 우리 집 뒤뜰에서 본 적이 있는 그 꽈리를, 어릴 적 그렇게 좋아하고 갖고 놀았던 그 꽈리를 보고 나는 얼마나 기뻤던지! 마치 고향 땅의 일부분이 내 앞에 생생하게 있는 것만 같았다. 한참을 생각에 잠겨 있을 때, 한 여인이 그 집에서 걸어 나왔다. 그녀는 내가 왜 거기에 그렇게 서 있는지 물었다. 나는 그녀에게 내 어린 시절에 대해 이야기해 주었다. 그러자 그녀는 꽈리 가지 하나를 잘라 내게 건네주었다. 아, 어찌나 고마웠던지!

그리고 곧 눈이 내렸다. 어느 날 아침 잠에서 깨어 보니 성채의 벽 위로 하얀 눈송이가 흩날려 내리는 것이 보였다. 낯익은 그 흰 눈에 나는 행복했다. 그것은 내 작은 고향 마을 위로, 그리고 송림 만 위로 빙빙 휘감아 돌며 내리던 그 눈과 똑같은 것이었다.

바로 이날 아침, 나는 고향에서 보내온 첫 편지를 받았다. 큰누이가 쓴 것이었다.

올가을에 어머니가 며칠 동안 병을 앓으시다가 세상을 떠나셨다는…….

독일인들에게 한국을 동경하게 만들다!

1946년 5월, 독문 소설 『압록강은 흐른다 Der Yalu fließt』가 독일의 유명 출판사 피퍼(Pipper)에서 출간되었을 때, 독일의 한 잡지사 여론 조사에서는 이 책이 "올해 독일어로 쓰인 가장 훌륭한 책"으로 선정되었다. 독일의 전 지역신문 및 잡지들에 이 책에 대해 100여 편의 서평이 실리는 등 평단으로부터 찬사의 글이 쏟아졌다.

독일의 유명작가 슈테판 안드레스는 이 작품 속에 깃든 "아이들이나 어른이 똑같이 매료"되며 간결하고 평온한 문체, 그들의 영혼을 일깨워 주는 절제된 표현, 신념을 북돋워 주는 휴머니즘이 마치 노련한 장인의 비단 두루마리를 천천히 펼치는 것과 같다며 감동했다(1947년 8월, 슈테판 안드레스가 이미륵에게 보낸 편지 중에서).

독일의 평론가 루드비히 하르팅은 「압록강은 흐른다」를 통해 수천 년의 역사와 고귀한 정신세계를 지니고 있는 한국과 한국 사람들에 대한 깊은 신뢰감을 느꼈고, 진실·자유·정의·사랑으로 사람과 사람 혹은 대륙과 바다를 연결하여 두 세계가 결합하도록 다리를 놓아 준 진정한 휴머니스트 이미륵에게 감사했다(1946년 7월, 월간 문학지 『세계와 단어』에 루드비히 하르팅이 기고한 글 중에서).

어느 독일인 독자는 작품 속에 섬세하게 묘사되어 있는 한국 어머니의 모습에서 가슴 따뜻해지는 연민을 느꼈고, 자신에게 "아름다운 휴식 시간(1946년 10월, 막스 아르텔트 대위가 이미륵에게 보낸 편지 중에서)"을 선사해 준 작가에게 감사의 편지를 보내오기도 했다.

언론인을 꿈꾸던 독일인 청년 발터 라이퍼는 신비로운 나라 한국에 흠뻑 빠졌고, 훗날 주한 독일 대사관에 파견되어 문정관이 되었다. 그는 오랫동안 한국에 머물렀으며 공직자로서의 임무를 마치고 독일로 돌아간 뒤에는 '이미륵 협회'를 만들어 이미륵의 탁월한 문학 세계를 독일인들에게 알리는 일을 멈추지 않았다. 그는 철학자로서, 그리고 존경받는 교육자로서 살다가 이 국땅에 쓸쓸히 묻힌 한국인 이미륵의 생을 죽을 때까지 찬양했다(2010년 3월, 정규화·박균의 『이미륵 평전』 중에서).

독일 고등학교의 교과서에도 실린 독문 소설 「압록강은 흐른다」는 독일인들에게 고귀하고 품격 있는 한국 사람, 한국 문화, 한국 역사를 동경하게 만들었다. 이 책은 영어와 프랑스어, 불가리아어, 일본어 등으로 번역 출판되었으며, 최근 독일 에오스(EOS) 출판사에서 독일어본 『압록강은 흐른다』가 재판되었다. 이로써 이 작품은 꾸준히 애독되는 스테디셀러로 그 문학적 가치를 다시금 인정받고 있다. 오늘날에도 많은 독일인들이 순수한 영혼을 지녔던 한국인 작가 이미륵을 동양인 현자로 회고하고 있으며, 매년 뮌헨 근교 그래펠핑시의 공원묘지에서 열리는 그의 추모식에 참가하여 '자유와 정의 그리고 순결한 사랑을 실천했던 진정한 휴머니스트'로 한국인 이미륵을 기리고 있다.

이미륵은 1899년 황해도 해주에서 천석꾼 이동빈의 외아들로 태어났다. 그의 본명은 '의경'이고 '미륵'은 집에서 부르던 이름이다. 이미륵은 어머니가 늦은 나이에 미륵보살을 찾아 백일 기도를 드려 낳았다고 한다. 그는 다섯 살에 한문 공부를 시작해, 열 살 무렵에는 『사서삼경』과 『통감』 전권을 읽었을 정도로 총명했다.

신식 학교에 입학하여 신학문을 알아가던 중 그의 나이 열한 살이 되던 해인 1910년, 일본의 침략으로 국권이 상실되면서 이미륵은 암울한 소년기를 보내야 했다. 이후 강의록으로 독학한 지 1년 만에 경성의학전문학교에 입학하였고 수학하는 동안 성적도 우수했다. 1919년 3월 1일, 만세 운동 시위에 참가하면서 이미륵은 본격적으로 항일 운동에 참여했다. 또한 항일 단체였던 대한청년외교단에 가담하여 일본의 식민 정책의 부당성을 세계에 알리는 외교 시보를 발행하고, 전단을 만들어 인쇄하고 배포하는 일을 맡았다. 그러나 대한청년외교단의 비밀 활동이 발각되면서 일본 경찰에 의해 이미륵은 수배 인물로 지목되었고, 그해 11월 상해로 건너가 대한적십자 대원으로 발탁되어 독립 운동을 계속 전개하였다. 이후 유럽으로 망명길에 올랐고, 안중근 의사의 사촌이었던 안봉근과 로트링(옛 독일령) 태생의 빌헬름 선교사의 도움으로 1920년 5월 26일, 독일의 뮌스터슈바르차하 수도원에 도착해 힘들고 외로운 망명 생활을 시작했다.

1928년 동물학 박사 학위를 마친 이미륵은 1931년 단편 「하늘의 천사」를 발표하면서 작가 생활을 시작했다. 그는 한국 문화의 역사적 전통성과 독특한 개성을 독일인들에게 소개하는 단편들뿐만 아니라, 서양의 이율배반적인 사고와 편견에 대해 비판하는 글들도 발표하면서 이국 땅 독일에서 한국인 지식인으로서의 입지를 구축해 나갔다. 1946년 발표한 자전 소설 「압록강은 흐른다」가 큰 성공을 거두면서 수많은 독일인들로부터 존경과 사랑을 받았던 이미륵은 1948년에는 뮌헨대학 동양학부 외래 교수로 초빙되어 한국 민속학 및 동양 철학을 강의하면서 교육자로서의 새로운 생을 시작했다.

그러나 그는 점차 건강이 악화되었고, 1950년 3월 20일 위암으로 세상을 떠나고 말았다. 그의 장례식이 거행되었던 3월 24일, 그래펠핑시의 작은 공원묘지에는 한국인 이미륵의 죽음을 애도하는 300명이 넘는 독일인 조문객들의 행렬이 길게 이어졌다. 그들은 최고의 휴머니스트였던 한국인 이미륵의 순결한 영혼이 푸른 압록강을 건너 그의 고향 땅으로 돌아가 영면하길 기도했다. 1963년 한국 정부는 독립운동가로서의 이미륵의 공로를 인정해 그에게 대통령 표창을 수여하였고 1990년에는 건국훈장 애족장을 추서하였으며, 2007년에는 국가보훈처에서 독립유공자 훈장을 수여하였다.

뮌헨, 1930년, (사)이미륵박사기념사업회 제공

이미륵 박사 연보

1899년	3월 8일 황해도 해주에서 출생
1917년	강의록으로 독학하여 경성의학전문학교 의학 전공 입학
1919년	3·1운동에 가담함. 이후 상해임시정부 소속 비밀 독립 운동 단체인 대한청년외교단에서 편집부장직을 맡아 외교 시보를 발행하고, 비밀 전단을 인쇄하고 배포하는 일을 하던 중 발각되어 상해로 피신. 대한적십자 대원으로 대한민국임시정부 일을 도움
1920년	독일 뮌스터슈바르차하 분도회 수도원에 도착하여 유학 생활을 시작
1921년~1923년	뷔르츠부르크대학과 하이델베르크대학에서 의학 전공
1925년	뮌헨대학 동물학과로 전학
1927년	벨기에 브뤼셀에서 개최된 세계피압박민족대회에 참가하여 '한국의 문제'를 세상에 알림
1928년	뮌헨대학 이학 박사 학위 취득

1931년	독일 문예지 『다메』에 단편 「하늘의 천사」를 발표
1932년~1945년	한국의 이야기 및 논평, 단편 「수암과 미륵」「한국에서의 어린 시절에 대한 이야기」 등을 발표.
1946년	대표작 「압록강은 흐른다」 발표
1948년~1949년	뮌헨대학 동양학부 외래 교수로 초빙되어 한국학과 동양 철학을 강의함
1950년	3월 20일 뮌헨 근교 그래펠핑시에서 위암으로 타계
1963년	독립 운동 공로로 대통령 표창
1990년	건국훈장 애족장(제 2019호)에 추서
2007년	독립유공자 훈장 수여

압록강은 흐른다

펴낸날	초판 1쇄 2016년 5월 26일
	초판 5쇄 2024년 12월 5일

지은이	이미륵
옮긴이	박균
펴낸이	심만수
펴낸곳	(주)살림출판사
출판등록	1989년 11월 1일 제9-210호

주소	경기도 파주시 광인사길 30
전화	031-955-1350 팩스 031-624-1356
홈페이지	http://www.sallimbooks.com
이메일	book@sallimbooks.com

ISBN	978-89-522-3410-0 03810